Königs Erläuterungen und Materialien
Band 387

Erläuterungen zu

Morton Rhue

Die Welle

(The Wave)

von Frauke Frausing

C. Bange Verlag – Hollfeld

Herausgegeben von Klaus Bahners, Gerd Eversberg
und Reiner Poppe

Hinweis der Herausgeber:

Die Rechtschreibung wurde der amtlichen Neuregelung angepasst.
Zitate wurden in der alten Schreibweise übernommen!

2. Auflage 1998
ISBN 3-8044-1637-3

Druck: Tiskárny Vimperk, a. s., Pasovská 55

INHALT

EINLEITUNG

„Wenn man seinem Leben kein Ziel setzen und ihm keinen Sinn zu geben vermag, breitet sich das Gefühl der Leere und Hoffnungslosigkeit aus. Um dem zu entgehen, werden oft Führer oder Ideale zweifelhafter Art gesucht, deren Ziele nicht in Frage gestellt und deswegen rücksichtslos verfolgt werden.“[1]

Es scheint, als wenn diese Worte, die in den 70er Jahren jenen neuen Gruppen galten, die unkritische Gefolgschaft, Selbstaufgabe und bedingungslosen Einsatz für ein angeblich ideales Ziel einforderten, Allgemeingültigkeit haben: Seit der Nazi-Zeit bis heute sind vor allem Jugendliche problematischen Versprechungen, einfachen Erklärungen und Ideologien gefolgt. Sekten haben weiterhin Konjunktur, rechte Gruppierungen provozieren und verführen mit Gewalt verherrrlichenden Parolen. In der Jugendszene ist es wichtig, organisiert zu sein, um sich durchsetzen zu können. Viele warten geradezu auf einen „Rattenfänger“, der sie von allen Problemen befreit und ihnen Sicherheit gibt.

So wird auch das Verhalten der Jugendlichen in Morton Rhue, „Die Welle“ verständlich. In einer doch völlig anderen Gesellschaft als jene es war, die Haffner im Berlin der 30er Jahre beobachtete,[2] marschieren sie, brüllen ihre Slogans und glauben an ihren Erfolg. Es ist gut, dass uns dieser kleine „Roman“ am Beispiel der Jungen zeigt, wie schnell man sich der dünnen Haut des Demokraten entledigt und den ehrgeizigen, denkfaulen, gefährlichen Herdenmenschen sogar mit Stolz zutage fördert. Ein mutiger Lehrer, der mit einfachsten Mitteln eine beunruhigende Wahrheit aus seinen Schülerinnen und Schülern herauslockte und ihnen eine Lektion für ihr Leben erteilte, die auch ihn nie mehr losließ! Wer das Buch liest, fragt sich nach seinem eigenen Verhalten und kann die Chance der Erkenntnis nutzen.

---

1 M. Mitscherlich-Nielsen, „Die Notwendigkeit zu trauern“, in: Im Kreuzfeuer - Der Fernsehfilm Holocaust, Eine Nation ist betroffen Hg.: Märthesheimer/Frenzel (Rowohlt Hamburg 1979) S. 210

2 Sebastian Haffner, Germany: Jekyll & Hyde 1939 – Deutschland von innen betrachtet (Verlag 1900 Berlin, Berlin 1996)

Die Entstehungsgeschichte der „Welle“ ist charakteristisch für die sehr amerikanische neue Literaturgattung der „Fakt-Film-Fiktion“, die auf einer Folge von Bearbeitungen im Film und in der Literatur basiert. Das literarische Produkt der „Fakt-Film-Fiktion“ behandelt eine Tatsachengeschichte, eine dramatische und außergewöhnliche menschliche Situation, die schon eine filmische Umsetzung erlebt hat. Der Autor der literarischen Version „übersetzt“ die Handlung und Dramatik des Films in die angemessene Erzählform. Er ist also Interpret **und** Autor, der einen konkreten Auftrag ausführt. Der Übersetzer hat eine ähnliche teils schöpferische, teils nachvollziehende Aufgabe. Kpt. 1 stellt diese Autorenschaft an der „Welle“ in Kürze dar und zeigt damit, dass die traditionelle Vorstellung der individuell schöpferischen Autoren nur noch bedingt gilt und durch das Erkennen neuer Modelle ergänzt werden muss. Daraus ergeben sich auch interessante Möglichkeiten, die verschiedenen Darstellungsformen zu vergleichen.

Meine Analyse und Interpretation von Morton Rhues Version, “The Wave”, und der deutschen Übersetzung „Die Welle“, gelten vor allem den Strukturen der Erzählung und den vielfältigen psychologischen Aspekten.

Da der Text sowohl im Original, als auch in der Übersetzung gelesen und behandelt wird, habe ich die Bearbeitung in einen deutschen und einen englischen Teil gegliedert.[3] Schüler, Studierende, Lehrerinnen und Lehrer finden in Interpretationen, Arbeitsanregungen und Literaturangaben die Möglichkeit, einzelne Aspekte weiter zu verfolgen und die exemplarische Erfahrung des Textes zu aktualisieren.

---

3 zitiert wird nach der Ausgabe „Die Welle“ (Otto Maier Ravensburg 1987) und nach “The Wave” (Puffin Books 1994)

1. DIE AUTOREN DER „WELLE“

1.1 Ron Jones

„Wie ist es möglich, dass so viele Deutsche behaupten, sie hätten nicht gewusst, was während der Nazi-Zeit passierte? Ron Jones, Geschichtslehrer an einer amerikanischen High School war auf diese Frage vorbereitet. Sie blieb nie aus, wenn er im Unterricht das Dritte Reich behandelte.“[4]

So beginnt der mit „Warten auf den Führer“ überschriebene Artikel im Spiegel vom Juli 1976, der detailliert den in einer amerikanischen psychologischen Zeitschrift geschilderten Ablauf des Schulexperimentes schildert. Dieses Experiment hatte der Geschichtslehrer Ron Jones 1969 mit seiner Klasse an einer High School in Palo Alto, Kalifornien, durchgeführt. Ron Jones war Lehrer für „social studies“ und hatte in jener Klasse „world history“ unterrichtet.

1976 wurde der Bericht „The Third Wave“ zusammen mit weiteren Kurzgeschichten unter dem Titel “No Substitute for Madness”[5] veröffentlicht.“The Third Wave“ erschien in zahlreichen Zeitschriften und machte Ron Jones als Autor schlagartig bekannt. Ron Jones verarbeitete in der Geschichte seine Erinnerungen an die Ereignisse an der High School, die er im Sommer 1969 selbst verursacht und mit erlebt hatte. Die Kurzgeschichte stellte die schrittweise Indoktrinierung von Jugendlichen im Verlauf weniger Tage dar. Durch die Charakterisierung jedes einzelnen Tages mit einer Propagandaformel aus der Nazi-Zeit wurden eindeutige Parallelen zwischen der „Welle“ und der Hitler-Jugend unterstrichen. Der Schock über die Bereitschaft der Jugendlichen zur Anpassung an diese Parolen war nicht nur für den

4 Der Spiegel(N3. 31 1976) S. 128

5 Ron Jones, No Substitute for Madness. A Teacher, His Kids & the of Real Life(Covelo Island Press 1976)

Lehrer und viele der Jugendlichen selbst schwer zu verarbeiten. Das Experiment und seine erstaunliche Wirkung fanden nun auch einen erheblichen Widerhall in den Medien und machten Ron Jones für einige Zeit zu einer gefragten Medien-Person. Er war Schöpfer, Regisseur und Interpret des Schulexperimentes gewesen und äußerte sich nun kritisch und selbstkritisch im Rückblick dazu als Betroffener, als Autor und als Pädagoge.[6]

Vor diesem Hintergrund entstand 1981 Alex Grashoffs Verfilmung der Kurzgeschichte von Ron Jones als Fernsehspiel unter dem Titel "The Wave" nach dem Skript von Johnny Dawkins.[7]

1.2 Morton Rhue

Nach dem Erfolg der Verfilmung erhielt der Autor Todd Strasser von einem Verlag den Auftrag, eine Romanfassung nach dem vorliegenden Text- und Filmmaterial zu schreiben. Dieser Roman erschien 1981 unter dem Titel "The Wave" bei Delacorte Press in New York. Der Autor Todd Strasser veröffentlichte ihn unter dem Pseudonym Morton Rhue. Todd Strasser war durch mehrere Jugendromane bekannt geworden und hatte sich auch durch Veröffentlichungen im „New Yorker" und in „Village Voice" einen Namen gemacht.

1.3 Hans-Georg Noack

Die deutsche Fassung mit dem Titel „Die Welle. Bericht über einen Unterrichtsversuch, der zu weit ging." erschien 1984 in der Übersetzung von Hans-Georg Noack im Otto Maier Vlg. Ravensburg.

---

6 vgl. Barbara Schubert-Felmy; „Das Jugendbuch ‚Die Welle' von Morton Rhue im Unterricht"(Diskussion Deutsch , 20 1989) S. 504

7 Wichtig und inhaltsreich ist das begleitende Material zum Film von Kamilla Münning u.a. (atlas film & av Duisburg 2. Auflg.1993)

„Erzählen wir den Kindern Geschichten, die in ihnen den Wunsch nach einem Leben in Gemeinschaft wecken, die ihnen helfen, das Böse der Unterdrückung und der Gewalt zu begreifen; lassen wir sie verstehen, dass jedes menschliche Wesen auf die Hilfe anderer angewiesen ist und die Fähigkeit hat, anderen zu helfen. Lehren wir die jungen Menschen, in Frieden zu leben - vielleicht lernen wir es dabei selbst besser als bisher. Die Probleme unserer Zeit können nur von Menschen gelöst werden, die Phantasie haben und den Mut, trotz allem zu träumen."[8]

Diese Erwartungen an Jugendliteratur, formuliert von dem Autor und Übersetzer, Herausgeber und Kritiker Hans-Georg Noack, können auch als Begründung für Noacks Arbeit als Übersetzer von "The Wave" verstanden werden. Noack glaubt, dass der Lernprozess durch eine glaubwürdige, spannende und gut erzählte Geschichte ausgelöst werden kann.[9] Noack, Jahrgang 1926, hatte als Jugendlicher und später als Kriegsteilnehmer die Gedanken-Diktatur und die Wirkung von Propaganda auf junge Menschen persönlich erfahren. Gleich nach dem Krieg, schon während der Kriegsgefangenschaft, versuchte er, die eigenen Hoffnungen und Enttäuschungen durch die nüchterne Betrachtung der Nazi-Zeit zu verarbeiten. Für den engagierten Pädagogen war die Organisation von Jugendlagern die Chance einer Neuorientierung, für den Schriftsteller wurde es die Auseinandersetzung mit gesellschaftlicher Benachteiligung, Diskriminierung und Verfolgung in seinem literarischen Werk.[10] Angst und Anpassung schil-

---

8 Hans-Georg Noack in der Schule – Materialien für Lehrer (Ravensburger Otto Maier Vlg.1986) „Plädoyer für die Jugendliteratur", S. 124

9 „Im Idealfall soll das einzelne Buch den jugendlichen Leser da abholen, wo er sich gerade befindet. Das gilt sowohl in formaler, also sprachlicher und erzähltechnischer Hinsicht, als auch in inhaltlicher...
Die besten Absichten wären zum Scheitern verurteilt, wenn die Lektüre, die wir jungen Menschen anbieten, nicht zuallererst literarische Qualitäten hätten, die den jungen Leser fesseln." zit. aus „Plädoyer für die Jugendliteratur", a.a.O. S. 120/122

10 Bibliographie seiner Publikationen, Romane, Übersetzungen veröffentlicht in H. - G. Noack in der Schule , a.a.O. S. 134 - 143

derte er in seinen Romanen über die Nazi-Zeit.[11] Den gewaltfreien politischen Kampf und die Philosophie der Hoffnung von Martin Luther King trug er durch seine Übersetzung einer Werkauswahl M.L.Kings weiter.[12]

Für die Übertragung des Jugendromans "The Wave" ins Deutsche war H.-G. Noack ein erfahrener, kongenialer Autor, dessen klare, sachliche Sprache originalgetreu ist und zugleich eine frische Eigenständigkeit hat.

---

11 u.a. Stern über der Mauer(Signal-Vlg.Baden-Baden 1962)
Den von Noack aufgestellten Ansprüchen gerade über dieses Thema werden mehrere Jugendbücher gerecht, z.B. Hans-Peter Richter, Wir waren dabei"Ein authentischer Bericht über das Dritte Reich, wie es wirklich war."(Arena 1980) mit dem Vorwort:"..und sie werden nicht mehr frei für ihr ganzes Leben" aus einer Rede Hitlers 1938.

Gudrun Pausewang, Die Verräterin(Ravensburger Buchverlag 1995).
Anna (16), die Tochter einer Gasthauswirtin in einem sudetisch-deutschen Dorf, versteckt 1944 einen entflohenen russischen Kriegsgefangenen. Sie weiß, daß sie als Verräterin gilt, wenn ihre Tat bekannt wird.

12 Bibliographie in H. - G. Noack in der Schule (Otto Maier Ravensburg 1986)

2. ANALYSE DES TEXTES

2.1 Inhaltsangabe

Der Text erzählt die Geschichte eines Schulexperimentes in der Oberstufe einer amerikanischen High School. Es wird erdacht und ausgeführt von dem Geschichtslehrer Ben Ross, der seiner Klasse eine psychologische Erfahrung vermitteln möchte. Ausgelöst wird der Vorgang durch die entsetzte und verständnislose Reaktion seiner Klasse auf den in einem Dokumentarfilm gezeigten Horror der deutschen Konzentrationslager und die Behauptung der deutschen Bevölkérung, davon nichts gewusst zu haben.[13]

Mit der Durchsetzung einiger schlagkräftiger Slogans gelingt es ihm in wenigen Tagen, die unterschiedlich leistungsbereiten und egozentrischen Jugendlichen zu einer disziplinierten, ehrgeizigen, verschworenen Leitgruppe zu formen, die er die Welle nennt. Die neuen Ideale der Disziplin, Gemeinschaft und Aktion werden schnell von anderen Schülern aufgegriffen, die ebenfalls zu der neuen, scheinbar progressiven Bewegung gehören wollen.

Der propagandistisch agierende Anführer Ben Ross entwickelt ebenfalls neue Verhaltensmerkmale. Seine Frau Christy beobachtet kritisch anteilnehmend, wie das Experiment ihn vereinnahmt, ihn unzugänglich macht und so etwas wie Sendungsbewusstsein in ihm weckt. Er weigert sich wahrzunehmen, dass die zunächst positiv beurteilten Veränderungen zu bereitwilliger Disziplin und Gemeinschaft bald von Aggressivität, Intoleranz und Überheblichkeit der Welle-Mitglieder begleitet werden.

13 Dieses „Wegsehen" und Leugnen wird von den Jugendlichen am meisten kritisiert und kann ihnen auch nicht durch das Experiment vermittelt werden. Kpt. 3 bietet einiges Material zum Thema.

Seine Gegenspielerin in der Schule ist die Chefredakteurin der Schülerzeitung, Laurie Saunders. Ihre zunächst intuitive Ablehnung der Manipulation verändert sich durch ihre persönlichen Beobachtungen, Gespräche und Erfahrungen zu aktivem Widerstand, für den sie die Schülerzeitung effektiv einsetzt. Mit ihrer Zivilcourage und ihrer konsequenten Verweigerung der neuen Ordnung überzeugt sie nicht nur ihren Freund David, sondern schließlich auch den Lehrer, der daraufhin das Experiment beendet.

Dafür erfindet er ein dramatisches Finale: Alle Welle-Mitglieder werden zu einer Versammlung beordert, für welche die Gründung einer nationalen Jugendbewegung und die Fernsehansprache des Führers dieser Bewegung angekündigt sind. Die wohlorganisierten und propagandistisch hochmotivierten Jugendlichen erblicken nach langem, ungeduldigem Warten auf den Führer der Bewegung schließlich auf der Filmleinwand zu ihrem Entsetzen das riesige Bild Adolf Hitlers. Ihr Lehrer, Initiator und Leitfigur der Welle, verdeutlicht ihnen die Parallelen ihres unkritischen Glaubens an die Welle mit dem blinden Gehorsam der Nazi-Jugend gegenüber dem Führer-Ideal. Nach der scharfen Kritik an ihrem Verhalten übt er aber auch Selbstkritik und verspricht ihnen, das Erlebte gemeinsam mit ihnen zu bearbeiten.

2.2 Die Erzählsituation

Aufgrund der Entwicklungsgeschichte des Textes und seiner Nachzeichnung eines detailliert berichteten realen Vorgangs ist es angemessen und sinnvoll, ihn als **Sacherzählung**[14] zu analysieren. Die Betrachtung der **Fiktionalität** ist eng verbunden mit der **Faktizität** des Textes. Damit stellen sich Fragen nach der Erzählweise vornehmlich in ihrer Funktion für die Vermittlung der Fakten und der didaktischen Komponenten.

---

14 vgl. Werner Psaar, „Die Sacherzählung. Zu einer Erzählform Hans-Georg Noacks“ in: Literatur einer Region (Paderborn 1981), S.81.

Außerdem ist zu berücksichtigen, dass es sich bei der „Welle" um ein Jugendbuch handelt, das den Einstieg in „Problemliteratur" ermöglicht, wobei der Schwerpunkt der Betrachtung dem „Problem" gilt. Die literaturwissenschaftliche Analyse kann dann nur eine mögliche Annäherungsform sein, die vor allem das inhaltliche Verständnis vertiefen sollte. Für Jugendliche, die das Buch häufig schon in der frühen Pubertät lesen, bietet der exemplarische und dramatische Inhalt die Gelegenheit nachzufragen, nachzudenken, Haltungen zu definieren und zu diskutieren. Die Rezeption, die durch bisherige Lebenserfahrungen, das Allgemeinwissen der Lesenden und die Art der begleitenden Interpretation beeinflusst wird, kann durchaus unterschiedlich und widersprüchlich sein. Sie zu betrachten und zu analysieren, muss zu der Werkbetrachtung gehören. Der Text eignet sich außerdem hervorragend für die in den 80er Jahren entwickelte produktions- und handlungsorientierte Weiterarbeit[15]. Die Eindringlichkeit der Handlung wird durch die kompositorische Geradlinigkeit, durch die „Einfachheit"[16] betont. So soll sich die literarische Analyse denn auch vornehmlich mit den charakteristischen Bestandteilen der Erzählung zur wirkungsvollen Vermittlung des „Problems" befassen.

Die Betrachtung der **Erzählperspektiven** zu Beginn weist schon auf die Spannung zwischen der „objektiven", „sachkundigen" Perspektive des „allwissenden Erzählers" und den Bewertungen der Personen innerhalb der Erzählung hin. Die Erfassung der verschiedenen Beurteilungsebenen ist Teil der „Botschaft".

2.2.1 Der allwissende (auktoriale) Erzähler

Der Roman bedient sich mehrerer Erzählweisen. Einleitend und durchgehend vorhanden ist die **Erzählperspektive** des allwissenden Erzählers ("editorial omniscience" nach Norman Friedman[17], auch als

---

15 Malte Dahrendorf, „Zur Frage der Eigenständigkeit einer Didaktik der Kinder-und Jugendliteratur", in: Diskussion Deutsch (Nr.20, Diesterweg 1989), S.456 ff.

16 vgl. Maria Lypp, Die Einfachheit als Kategorie der Kinderliteratur (Frankfurt 1984).

17 Norman Friedman, "Point of view in Fiction. The Development of a Critical Concept" In: PMLA 70 (1955), Nr.5, S.1160-1184.

“implied author” bezeichnet[18]) . Er ist in keiner Weise identifizierbare Person, sondern schafft als Funktion des Autors den Handlungsrahmen und ordnet die Fakten. Da die Subjektivität aller Personen ein Kennzeichen der Handlung ist, sichert die Instanz des auktorialen Erzählers andererseits Aspekte wie Distanz, lineare Erzählstruktur und den Wechsel von panoramischem und szenischem Erzählen.

Die Balance von **Erzähldistanz und -nähe** im Text wird erreicht durch den Wechsel von berichteter Handlung, szenischem Dialog und dem Einblick in das Denken und Empfinden einzelner Personen.

2.2.1.1 Die Panorama-Perspektive des auktorialen Erzählers

Die erzählenden Teile sind charakterisiert durch explizite Information, funktionalen Wechsel von Handlungsort und -zeit, Dehnung und Raffung der Handlung, explizite Charakterisierung.

Schon im ersten Kapitel werden so zwei Vorgänge mit den beiden Hauptfiguren parallel und von einem „allwissenden“ Standpunkt betrachtet:

„Laurie Saunders saß im Redaktionsbüro der Schülerzeitung der Gordon High School und kaute an ihrem Kugelschreiber. Sie war ein hübsches Mädchen mit hellbraunem Haar und einem fast immerwährenden Lächeln, das nur verschwand, wenn sie aufgeregt war oder an Kugelschreibern kaute.“[19]

„In dem Klassenraum, in dem er Geschichte unterrichtete, beugte sich Ben Ross über einen Projektor und bemühte sich, einen Film in das Gewirr von Zahnrädern und Linsen einzufädeln. Es war schon sein vierter Versuch, und er hatte es immer noch nicht geschafft. Verzweifelt fuhr er sich mit den gespreizten Fingern durch das braunwellige Haar.“[20]

---

18 Stories of Initiation. Model Interpretations (Klett, Stuttgart 1979), S.123.

19 Die Welle, S.5.

20 Die Welle, S.8.

2.2.2 Die „erlebte Rede“ [21]

Dieses vor allem für die beiden Hauptfiguren ausführlich angewandte Erzählmittel schafft den Eindruck der Nähe zu der handelnden Person und der Unmittelbarkeit ihres inneren Geschehens. „Erlebte Rede“ kann sagen, was sich im direkten Sprechen nicht ausdrücken lässt und Probleme der Kommunikation dieser Person aufzeigen.

„Ihre Mutter hatte ihr prophezeit, eines Tages würde sie so heftig an einem Schreiber kauen, daß er zersplitterte. Und dann würde ein langer Plastiksplitter ihr in den Hals rutschen und sie würde daran ersticken. Nur Mutter konnte auf so einen Gedanken kommen, dachte Laurie seufzend.“[22]

„In wenigen Minuten mußte seine Oberstufenklasse kommen, und er hatte sich schon seit Wochen vorgenommen, ihr diesen Film zu zeigen.“[23] „Ben schüttelte den Kopf. Dieser Robert Billings war wirklich ein Problem. Die Glocke läutete zum Ende der Stunde ... Es war seltsam, daß Schüler die Klassen immer blitzschnell verließen, zum Beginn der nächsten Stunde aber im Schneckentempo kamen.“[24]

Zur Andeutung innerer Konflikte und der Begründung für Handlungsimpulse wird „erlebte Rede“ gelegentlich auch für jene Personen verwandt, die durch ihre Beziehung zu den Hauptpersonen Gewicht bekommen: Christy, Bens Frau, und David, Lauries Freund.

„Christy nickte. Immerhin verhielt er sich nicht regelmäßig so, wenn er mit dem Kochen an der Reihe war, also konnte sie ihm diesmal verzeihen.“[25] „Auch Christy dachte über die Welle nach. Irgend etwas

---

21 vgl. Gero von Wilpert, Sachwörterbuch der Literatur (Kröner Vlg., Stuttgart 1964) Erhart Linsen, „Gustave Flaubert, Madame Bovary“, in: Literaturwissenschaft, Grundkurs 1, Hg. Brackert/Stückrath (Rowohlt Hamburg 1981), S.143ff.

22 Die Welle, S.5f.

23 Die Welle, S.9.

24 Die Welle, S.10.

25 Die Welle, S.55.

daran störte sie, etwas am Tonfall, mit dem ihr Mann über seine Klasse sprach - als wären seine Schüler jetzt besser als alle anderen in der Schule."[26]

„Von seinem Zorn überwältigt, packte David auch ihren anderen Arm. Warum mußte sie nur so störrisch sein? Warum erkannte sie nicht, wie gut diese Welle sein konnte?"[27]

Mit „erlebter Rede" zeigt sich auch die Erzählperspektive als flexibel: Sie wird vorübergehend wirkungsvoll personalisiert und erlaubt Betrachtungen und Bewertungen aus der jeweiligen **Personenperspektive**.

Im neunten Kapitel findet sich ein Rückbezug mit einer ironischen Variante gegenüber dem Anfang des Textes. In „erlebter Rede" wird berichtet, dass Ben Ross die erstaunlichen Veränderungen in seiner Klasse bedenkt. Er wähnt sich auf einem pädagogischen Erfolgsweg. Laurie dagegen „kaut", bildlich und konkret, immer noch „an ihrem Kugelschreiber" und sucht nach dem richtigen Thema und dem richtigen Ansatz für ihren Artikel.

Ben Ross:
„In den letzten Jahren war Disziplin zu einem immer schwierigeren Problem geworden. Übten die Schüler sie nicht von selbst, neigten die Lehrer immer weniger dazu, sich dafür verantwortlich zu fühlen. Vielleicht war das ein Fehler. Möglicherweise konnte bei seinem Versuch eine Stärkung der Schuldisziplin herauskommen.Insgeheim träumte er sogar von Zeitungsartikeln mit der Überschrift: „Disziplin hält wieder Einzug in die Klassen! Lehrer macht eine verblüffende Entdeckung."[28]

---

26 Die Welle, S.56.

27 Die Welle, S.115.

28 Die Welle, S.69.

Laurie:
„Vor einigen Tagen war ihr klargeworden, daß so etwas wie die ‚Welle' wahrscheinlich genau das war, was dieser wirre Redaktionshaufen der Schülerzeitung selbst dringend brauchte. Aber sie hatte den Gedanken verdrängt. Sie konnte sich den Grund dafür nicht einmal erklären. Da war nur dieses ein wenig unheimliche Gefühl, das allmählich in ihr wuchs, das Gefühl, daß man mit dieser ‚Welle' vielleicht sehr, sehr vorsichtig umgehen müsse."[29]

Das Erzählmittel der **erlebten Rede** wird intensiv für die parallel und später gegensätzlich verlaufenden Bewertungsperspektiven von Laurie und Ben Ross benutzt. Durch die Gegenüberstellungen dieser beiden Perspektiven im Rahmen der Gesamthandlung entsteht eine ironische Spannung: Während Ben Ross auf seinem Weg zunehmend Fortschritte wahrnimmt und von der Wirkung der Welle fasziniert ist, entwickelt sich in Laurie aus anfänglichem Unbehagen, in direkter und in erlebter Rede ausgedrückt, die Überzeugung, dass dieser Weg falsch und gefährlich ist. Je mehr Ben sich verrennt und die Kommunikation zu seiner Frau und anderen Personen reduziert, umso deutlicher zeigt sich die Funktion der „erlebten Rede" auch zur Darstellung dieses Problems. Somit sind die Charakterisierung durch „erlebte" oder direkte Rede und der Grad ihrer inhaltlichen Übereinstimmung auch eine Widerspiegelung der psychologischen Situation einer Person.

2.2.3 Die Bedeutung der direkten Rede

Der Wechsel zwischen erzählenden und szenischen Teilen ist wesentlich für die Charakterisierung der Personenkonstellation und für die Entwicklung der Haupthandlung. Die direkte Rede vermittelt und verbalisiert die Handlungsimpulse und Reaktionen. Sie verdeutlicht Haltungen und Konflikte.

---

29 Die Welle, S.72.

2.2.3.1 Handlungsimpulse durch direkte Rede

Im ersten Kapitel gehen die Handlungsimpulse von den individuellen Situationen im Rahmen der Schule aus und werden durch den auktorialen Erzählstil zusammengehalten. In den Kapiteln 2 bis 8 gibt Ben Ross mit der Vorführung des Films und den folgenden Schritten der Indoktrinierung die maßgebenden Impulse für die vielfältigen Reaktionen und Kommentare. Diese und alle weiteren Kapitel haben daher einen hohen szenischen Anteil mit direkter Rede.

Ab dem neunten Kapitel gibt es zwei gegenläufige Handlungsimpulse:
1. Die wachsende Bewegung der Welle und

2. Lauries wachsenden Widerstand. Auch wenn dieses Kapitel noch mit Lauries Worten in „erlebter Rede" endet: „Man konnte das alles wirklich zu sehr aufblähen. Es war doch nichts weiter als ein Spiel! Oder?"[30], so ist sie nun als engagierte Chefredakteurin, die über die Welle schreiben wird, zu der öffentlichen Kritikerin des Experiments und damit auch seines Schöpfers geworden. Im Verlauf der Handlung wächst Lauries Fähigkeit, ihre Meinung zu klären, direkt zu formulieren und schließlich auch damit zu überzeugen. Ben Ross wird im zehnten Kapitel von dem Direktor zur Verantwortung und Vorsicht ermahnt, was jedoch keine Veränderung seiner Haltung und Überzeugung bewirkt. Im Gegensatz dazu wird die Schülerzeitung zum aufklärerischen Medium der Opposition. Als Ausdruck der freien Meinung und kritischer Berichterstattung wirkt sie intensiv in die Schulöffentlichkeit hinein.

Während Ben Ross sich noch in Illusionen über die positive Eigendynamik der Welle wiegt, kommen vor allem von Laurie Impulse für ein anderes Denken und Handeln (Kapitel 11 bis 16). Mit ihrem eindringlichen Appell und ihrer Entschlossenheit vermittelt sie Ben Ross schließlich den notwendigen Impuls zum Umdenken. Sie überzeugt auch David, dass sie trotz ihrer scheinbaren Ohnmacht gegenüber der Mehrheit den Mut zum „Hinsehen" und zur Einmischung haben müssen.

---

30 Die Welle, S.76.

Im letzten Kapitel hat Ben Ross durch Lauries und auch Davids Intervention seine verantwortliche Rolle zurückgewonnen. Er bleibt zunächst Teil des Szenarios als Dramaturg und „falscher Prophet". Sobald das Bild Hitlers erscheint, lässt er diese Rollen jedoch fallen und wird wieder zum Erzieher, der seine eigene Verwirrung eingestehen und sich ehrlich den Jugendlichen zuwenden kann.

2.2.3.2 Die direkte Rede als Ausdruck von Haltungen und Konflikten

In seiner Rolle als Lehrer verwendet Ben Ross die direkte Rede natürlich in vielen Variationen: Als Bericht, Information, Appell, Anordnung, Gesprächsanteil etc. Diese situationsbedingte Flexibilität verengt sich mit dem Beginn des Experiments auf die Funktion des hierarchischen Ausdrucks. Statt eines Unterrichtsgespräches fordert Ben Ross militärisch kurze Antworten ein. Er verstärkt die Abwehr kritischer Fragen durch den Gehorsamsdruck und die Rituale. Lauries Frage nach dem Sinn der Mitgliedskarten, z.B., wird von ihm streng und formal beantwortet (Kpt.8) . Danach stellt sie keine Frage mehr. Stattdessen gibt es nun öffentliche Bekundungen der Zustimmung und Begeisterung. Später stellt der Lehrer selbst fest, dass die Schüler zwar schneller und disziplinierter arbeiten, aber unfähig wären, „in einem Aufsatz das Für und Wider einer Sache abzuwägen"[31] . Ben Ross könnte daraus schließen, dass die Unterdrückung des selbständigen Denkens und eines offenen Meinungsaustausches zu Wahrnehmungs- und Beurteilungsmängeln führt und damit seinen eigenen Unterrichtszielen widerspricht, aber zu dem Zeitpunkt hat das Experiment die Priorität bekommen und eine wirklich kritische Bewertung seiner Beobachtungen verdrängt er.

Die selbstgesetzte oberste Instanz bedient sich zwangsläufig untergeordneter Gruppen (der Kontrolleure), die das vorgeführte Sprechverhalten nachahmen. Die Sprache selbst wird hierarchisch von oben

31 Die Welle, S.68.

verordnet und damit unfrei. Diejenigen, die Sprache individuell und als Ausdruck ihrer persönlichen Haltung benutzen, werden kritisiert oder diffamiert.[32] Das offene Gespräch gibt es nur noch in kleinen, vertrauten Gruppen. Humor wird zum Ausdruck des ehrlichen („authentischen"), kritischen Redens. Alex und Carl heitern Laurie mit ihrem respektlosen Witz und ihren Ideen auf (der Anti-Club „Das Gekräusel"). In dem kleinen Redaktionszirkel entwickelt sich der einzige jugendliche Widerspruch gegen die Welle.

Kontrast und Hintergrund zur Schule sind zwei private Orte: Das Haus von Ben Ross und Lauries Elternhaus. Die Auseinandersetzung mit dem Thema der Indoktrinierung findet explizit und eindeutig sehr bald an diesen beiden Orten statt. Sobald Lauries Mutter von den Ereignissen im Geschichtsunterricht erfährt, argumentiert sie erregt gegen die Indoktrinierung. Beide Eltern mischen sich mit unterschiedlichen Bewertungen der Situation ein; die Meinungen werden besprochen und begründet. Das kritische Gespräch in der Familie über eine Schulangelegenheit verfehlt seine Wirkung auf Laurie nicht. Ihre Verunsicherung über die Veränderungen in der Klasse ist nicht ausgeräumt, aber sie möchte weiter darüber sprechen können. Als sie dieses am nächsten Tag David gegenüber versucht, stößt sie auf seine heftige Ablehnung.

Ben Ross begegnet zu Hause dem einfühlsamen Interesse seiner Frau, die auch seine Kollegin ist. Er fühlt sich jedoch gestört von ihren nachdrücklichen Fragen und Bedenken und weicht einem offenen Gespräch lange aus. Dieses Ausweichen vor kritischen Äußerungen ist charakteristisch für die Erstarrung der Beziehungen.

Die emotionale Erschütterung dagegen kann die Erstarrung durchbrechen und ehrliches („authentisches") Sprechen ermöglichen:

Während Laurie sich zunächst weiter anpasst, z.B. ihr Bedürfnis, David zu widersprechen, unterdrückt, weil sie keinen Streit mit ihm beginnen möchte, ist ihre Empörung über die Gewaltszene auf dem Hof so groß, dass sie nun David direkt kritisiert.

32 Lauries Kritik wird als „Unsinn" und als „Lügen" bezeichnet, Die Welle, S.106, 107.

David unterdrückt seinen Wunsch nach Unterstützung in Mathematik, weil er sich keine Blöße geben will. Er unterdrückt auch seine Empörung darüber, dass Laurie von den anderen ausgegrenzt wird. Erst der Schock, sie angegriffen zu haben, löst in ihm auch eine sprachliche Veränderung aus.

Amys verdeckte Eifersucht auf Laurie zeigt sich in ihrem unehrlichen („unauthentischen“) Sprechen. Sie erlebt in der letzten Szene einen emotionalen Schock, der ihre Haltung und ihr Sprechen verändert.

Interessant ist die Veränderung im Sprechverhalten des Lehrers bei der Beendigung des Experiments: Zunächst ist er noch ganz die einschüchternde, verurteilende Autorität. Dann geht er auf die Schüler zu; er spricht leiser, ruhig und verständnisvoll zu ihnen und entschuldigt sich bei ihnen. Er wird wieder ihr Partner. Damit löst er ihre emotionalen Blockaden und ermöglicht, dass sie selbst darüber zu sprechen beginnen. Da er selbst erschüttert worden ist, kann er sich in die emotionale Situation der Jugendlichen einfühlen und sie erreichen.

Konflikte anzusprechen und zu lösen, wird in der Schule aus Opportunismus, Gleichgültigkeit oder Feigheit meist vermieden. Erfolg in der Schule bedeutet vor allem Erfolg in der Gruppe. Wer nicht dazugehört, wird verbal ausgegrenzt. Das Experiment verändert dieses vertraute Gleichgewicht soweit, dass es den latenten Gruppendruck und den Konformismus der Jugendlichen nun „von oben“ einfordert und zur Pflicht macht. Damit hat Ben Ross bestehende Schwächen und Tabus verstärkt. Konfliktgespräche, Nachfragen, Kritik sind unerwünscht. Wer diese Tabus verletzt, wird angeklagt und verurteilt.

In dieser Situation sind es Schockerlebnisse, nicht so sehr Erkenntnisse, die einzelnen Personen zu authentischem Sprechen verhelfen und damit auch zu der Fähigkeit, sich einzumischen und zu widersprechen.

2.3 Handlungsaufbau und Spannungsbögen

Innerhalb der Typologien von Erzählung und Roman, die Wolfgang Kayser, Das sprachliche Kunstwerk (1948) und Eberhard Lämmert in Bauformen des Erzählens (1955) entwickelt haben, lässt sich „Die Welle“ als **Krisengeschichte**[33] einordnen, die **einsinnig**, also linear, **erzählt**[34] entwickelt wird. Entsprechend dieser Struktur ist es ein **Handlungsroman**, nach der Typologie von Edwin Muir **a dramatic novel.**[35] Dieser Typ der Erzählung zeichnet sich durch straffen Bau und Geschlossenheit der Handlung aus.

In diesem Text wird die Zentralhandlung von dem Protagonisten, Ben Ross, begründet, inszeniert, kommentiert und beendet. Das Szenario enthält mehrere Ausgangsfaktoren:

1. Das Entsetzen der Jugendlichen angesichts der Nazi-Gräuel im Filmdokument.
2. Die Absicht des Lehrers, die Schüler mit einem Verhaltensexperiment zu beeindrucken und ihnen eine Selbsterfahrung zu vermitteln.
3. Die Unzufriedenheit vor allem vieler Erwachsener mit der Unlust der meisten Jugendlichen, sich zu engagieren und Verantwortung zu übernehmen.
4. Die Lust der Jugendlichen, etwas Neues zu erleben, und die Freude des Lehrers, etwas Neues zu entdecken.

Der **dramatische Anlass** des Experiments liegt im zweiten Kapitel, das die Konfrontation der Jugendlichen mit dem Dokumentarfilm über die Vernichtungslager und ihre Reaktionen darauf enthält.

---

33 zit. nach Franz K. Stanzel, Typische Formen des Romans (2. Aufl. Goettingen 1967), S.56.

34 ebd., S.59.

35 Edwin Muir, The Structure of the Novel (London 1928), S.23ff.

Die **ausführliche Exposition** in den ersten vier Kapiteln vermittelt ein differenziertes Bild der Hauptakteure und ihrer Beziehungen zueinander und der Ausgangslage für das Experiment.

Die **erste ansteigende Handlungslinie (Kpt.5-8)** baut Ben Ross zunächst geschickt wie ein Spiel auf, dessen Reiz in der Überraschung und der Spannung zu liegen scheint. Die ansteigende Handlung beruht auf den Impulsen der Konzentration (Verhaltenstraining) und der Addition (Slogans, Symbole etc.) . Der Lehrer, der in der Klasse die Disziplin und Begeisterung der Nazi-Jugend nachzuahmen versucht, benutzt die für jeden Drill charakteristischen Elemente der klassischen **Konditionierung**[36], bei der ursprünglich experimentell eine von Reiz und Reflex bestimmte Dressur an Tieren durchgeführt wird. Das konsequente Verhaltenstraining fordert die Jugendlichen heraus und verheißt ihnen zugleich Konsequenz, Fortschritt und damit Erfolg. Während Laurie immer mehr verunsichert ist und sich aufzulehnen beginnt, erlebt die Klasse ein Gefühl der Stärke durch die Gemeinsamkeit der Worte und Gesten. Der **Übergang** zu einer neuen Rollenverteilung und einer neuen Spannungslinie setzt im neunten Kapitel ein.

Die zweite Phase des Experiments (Kpt.10 bis 15) kann als **Anwendungsphase** bezeichnet werden. **Im elften Kapitel liegt der Höhepunkt (Klimax) der ansteigenden Handlungslinie, der ironisch schon auf die Wende und die fallende Handlungslinie (die Negativ-Wirkung) des Experiments verweist.**

Die Auswirkungen des Experimentes auf die Schulumwelt sind ambivalent und konfliktreich: Das Verhalten der Mitglieder erfährt z.T. Zustimmung und Bewunderung, aber es schafft auch Konfrontationen und Ausgrenzung. Der Glaube an die schnelle Wirkung der Slogans erweist sich bald als trügerisch (Wider alle Hoffnungen wird z.B. die Football-Mannschaft von Gordon High von der Clarkstown-Mannschaft vernichtend geschlagen). Die Erwachsenen in und außerhalb der Schule sind beunruhigt und geteilter Meinung. Das militärische Auftreten und die Gruppenidentität der Welle-Mitglieder wirkt auf viele Jugendliche anzie-

36 cf. u.a. Wörterbuch der Psychologie, Hg. Drever/Fröhlich (dtv 1969).

hend und beeindruckend, auf andere einschüchternd, verwirrend und alarmierend. Die Bewegung löst Zwiespalt, Angst und Opportunismus aus.

Die **zweite, gegenläufige Handlungslinie** ist die Infragestellung der Bewegung durch die offene Berichterstattung. Während Ben Ross herausgehoben und zugleich isoliert, ohne Wahrnehmung der entstehenden Realitäten erscheint, tritt Laurie als Verantwortliche für die Schülerzeitung hervor. Damit ist sie die Hauptfeindin der Bewegung, die alle Aggression auf sich zieht. Dass ihr Freund David schließlich die Fronten wechselt und ihren Widerstand nicht nur akzeptiert, sondern überzeugt unterstützt, ist ein optimistisches Zeichen. Es ist Teil der Fiktion, nicht der berichteten Fakten. Dieses „Happy End"- Element kann als Zugeständnis der Autoren an die Filmzuschauer und die Leser des Romans verstanden werden, da ein erfolgreich Widerstand leistendes (junges) Paar einen wesentlich höheren optimistischen Symbolwert als der oppositionelle Einzelgänger hat.[37]

Die Höhepunkte der zweiten Spannungslinie, die für die Anti-Bewegung steht, liegen denn auch in der eindringlichen Forderung an Ben Ross, das Experiment zu beenden (Kpt.15) und in der öffentlichen Opposition von Laurie und David gegen die angekündigte Versammlung und ihre Zielsetzung. Damit werden sie zu Ausgestoßenen. (Kpt.16)

Die schnellen Ortswechsel, die intensiven Gefühlserfahrungen und der Zeitdruck bestimmen diese beiden Kapitel. Diese Spannungslinie endet mit Lauries Entschluss, trotz ihrer eigenen Gefährdung diese Versammlung zu besuchen und der kommenden Gefahr ins Auge zu sehen.

---

37 Ron Jones: "The Dell version of 'The Wave' ... tells the reader that a love affair between two teenagers was of sufficient power to challenge Fascism!"
"This was not true in my classroom nor is it true historically." Zit. nach "The Wave", Text and study aids (Klett Stuttgart 1989), S.98.

In dem Ende des Experimentes (Kpt.17) kommen beide Handlungslinien zusammen:

Die erste Handlungslinie erlebt jetzt ihre Anti-Klimax. Auf die äußere Spannung der Propaganda-Versammlung folgt die Desillusionierung und Enttäuschung angesichts der Bilder von Hitler und den jungen Nazis.

2.4 Der Zeitaspekt

Die **Erzählzeit** umfasst mehrere (etwa 8) Stunden[38], die **erzählte Zeit** umfasst 8 Tage. Gründe für die Konzentration der Handlung, d.h. der **erzählten Zeit,** auf wenig mehr als eine Woche sind
a) die reale Vorlage des Experiments
b) die dadurch erhöhte Dramatik der Erzählung, da die intensiven Veränderungen in so kurzer Zeit stattfinden
c) die Schulrealität, die ein solches weder wissenschaftlich, noch psychologisch abgesichertes Experiment an Schülern ohne vorherige Information und Beteiligung der verantwortlichen Gruppen nicht erlaubt.

Diese Erzählung über schnelle, radikale Veränderungen der Ausgangslage und des Verhaltens der Beteiligten unterscheidet sich in vielen Aspekten, so auch dem der Zeit, deutlich vom „zeitreichen" **Entwicklungsroman.** Während sich in diesem die Lebensereignisse der Protagonisten in einem objektiv vorhandenen ausgedehnten Zeitkontext abspielen und die erzählte Zeit von den Protagonisten subjektiv erlebt und gefüllt wird, ist die Kürze der objektiv messbaren Zeit in der „Welle" ein notwendiges Element des geplanten Experiments und ein Teil seiner Wirkung. Die massiven Konsequenzen stehen in umgekehrtem Verhältnis zur minimalen Zeit.

Der Erzähler nutzt dieses Kontrastelement auch für die **„erzählte" Zeit:**

38 Die „Erzählzeit", als Still-Lesezeit gerechnet, beträgt ungefähr 2 Stunden. Die Laut-Lesezeit beträgt ungefähr 8 Stunden.

Laurie sitzt an einem Montag im Redaktionsbüro und versucht, einen Artikel zu schreiben. Danach amüsiert sie sich über Amy in der Klasse und lenkt sie ab. Eine Woche später ist die Zeitung mit dem alle bewegenden Thema im Druck. Laurie zeigt ihrer Freundin Amy ihren Leitartikel und erlebt die heftige Abfuhr.

Am Dienstag beginnt Ben Ross das Experiment. Am Dienstag der folgenden Woche beendet er es.

Es gibt das objektive Zeitmaß der Unterrichtsstunde, des Schultages, der unterrichtsfreien Zeit, des Wochenendes. Darin verläuft die Handlung. Das Experiment umfasst nur wenige Unterrichtsstunden, es verbreitet sich jedoch durch die Schüler als Multiplikatoren auf die übrige Zeit. Es wirkt inhaltlich und zeitlich weiter in die Beziehungen hinein, beeinflusst Freundschaften, das Football-Training, die Gespräche zwischen Kollegen und zwischen Eltern und Kindern, die Schulöffentlichkeit, und es zieht noch weitere Kreise.

Wenn der Direktor am Montag, dem fünften Schultag nach Beginn des Experimentes, Ben Ross schließlich vorhält: „..Ich werde alle fünf Minuten von Eltern angerufen, die wissen wollen, was hier eigentlich los ist, was wir mit ihren Kindern anstellen...“[39], so zeigt sich u.a. darin, wie vereinnahmend sich das Experiment auch zeitlich ausgewirkt hat.

Der **Zeitmangel** und **Zeitdruck** der Protagonisten sind weitere charakteristische Elemente:

Laurie wird eingeführt als für die Schülerzeitung Verantwortliche, die es wieder nicht schaffen kann, die Zeitung termingerecht abzuliefern. Der Zeitdruck wird für sie noch intensiver, als es darum geht, vor der Welle zu warnen (Kapt.9/13/14). Auch Ben Ross steht unter Zeitdruck: Er muss das Unterrichtspensum schaffen und kann sich eigentlich keine Verzögerung leisten, daher will er das Experiment auf eine oder zwei Stunden begrenzen. Sein Forschergeist gewinnt dann jedoch die Oberhand. Er experimentiert weiter und rechtfertigt dieses z.T. mit den

39 Die Welle, S.123.

erstaunlichen Lernfortschritten der Schüler. Der äußere Zeitdruck wird schließlich ein entscheidender Faktor für die Beendigung des Experiments. Der Direktor stellt die Forderung auf:

„Ich gebe Ihnen noch den heutigen Tag, aber ich warne Sie: Wenn das, was Sie vorhaben, nicht funktioniert, werde ich Sie bitten müssen, Ihren Rücktritt zu erklären."[40]

Auf das Ultimatum des Direktors folgt das Versprechen des Lehrers, alles an einem Tag zu einem guten Ende zu führen.

Wie ein **Spieler**[41] pokert er auf Zeit, um das Experiment und sich selbst aus dem entstandenen Desaster zu retten. Den massiven Zeit- und Problemdruck, unter dem er steht, nutzt er aber geschickt für die Inszenierung seiner Botschaft.

Das dramatische Finale beweist des Lehrers Gefühl für das richtige „Timing" und seine Überzeugungskraft, eine besonders kreative, aber, wie hier zu sehen ist, auch problematische Begabung. Er erfindet die überraschende Veranstaltung, die Dringlichkeit der politischen Lage, die Nachricht von der unmittelbar bevorstehenden Gründung der nationalen Jugendbewegung. Die Mitglieder beweisen ihre Organisationsdisziplin und ihre Pünktlichkeit bei der Befolgung seines Aufrufes.

Eine weitere Ironie des Zeitaspektes ist der Kontrast zwischen der objektiven zeitlichen Kürze des Experimentes einerseits und den jahrelang nachwirkenden Erinnerungen und Emotionen der Beteiligten, von denen Ron Jones, der Erfinder des Experimentes, berichtet.[42] In dem Text von Rhue werden jenes Unbehagen und die Scham über die negativen Selbsterfahrungen positiv umgedeutet in einen Appell an die Schüler, nichts zu vergessen:

---

40 Die Welle, S.124.

41 Die Welle, S.124.

42 cf. u.a. Interview mit Ron Jones in „Scholastic Voice" (September 18, 1981), S.35-39, nachzulesen in: 'The Wave' (Klett, a.a.O.), S.99f.

„Ich kann nur noch hinzufügen, daß wir hoffentlich alle diese Lektionen für den Rest unseres Lebens beherzigen werden. Wenn wir klug sind, dann werden wir nicht wagen, sie zu vergessen."[43]

2.5 Personenkonstellation und Veränderungen

Das Experiment beeinflusst das Verhalten und die emotionalen und sozialen Beziehungen aller Beteiligten, weil die Rollen verändert werden und sich damit neue Konstellationen herausbilden. Hier sollen nur einige besonders auffallende Beispiele gegeben werden:

1. **Robert Billings**, der Außenseiter der Klasse, wird innerhalb des Experimentes zum Vorbild erklärt, zu einem ihrer Anführer gemacht und mit einem neuen positiven Profil versehen. Er glaubt an die Berechtigung und die Macht eines Führers, mit dem er sich identifizieren und dem er sich unterordnen kann.[44] Er selbst fordert nun vorbildliche Disziplin, Unterwerfung unter die Doktrin und die neue Elite und absoluten Gehorsam gegenüber dem Führer.

Roberts Mutter, so berichtet Mrs Saunders, ist beeindruckt und begeistert von der Veränderung ihres Sohnes.

2. **Amy Smith**, die ehrgeizige, anpassungsbereite und latent eifersüchtige Freundin von Laurie Saunders, begrüßt die neuen Slogans und die Versprechen der Bewegung. Sie nutzt die Gunst der Stunde, da sie nun uneingestandene und damit unbearbeitete Negativgefühle wie Neid, Eifersucht, Angst vor Ablehnung weiter verdrängen und an die Stelle der offenen Konfliktlösung ein scheinbares neues Ideal der Gemeinschaft und Gleichheit setzen kann. Die Welle erlöst sie von dem Wettbewerbsdruck und der Konfrontation mit ihren negativen Anteilen. Diese kann sie nun auf Laurie projizieren. Obwohl Laurie diese Nega-

43 Die Welle, S.137.

44 Ron Jones „He's like a lot of „invisible" people who suddenly become very visible and very powerful." (a.a.O.)

tivgefühle gespürt hatte, ist sie angesichts Amys heftiger Ablehnung von Lauries Argumenten und ihrer heftigen Verteidigung der Welle ratlos und schockiert: „Sie ist doch so klug, und trotzdem nimmt sie das alles sehr ernst.“[45]

Robert und Amy sind von **Ressentiments** belastet. Robert agiert sein Ressentiment gegen den unerreichbaren Erfolg seines älteren Bruders Jeff durch totale Verweigerung aus. Amy beobachtet und imitiert ihr Vorbild Laurie und lehnt sie zugleich unbewusst ab. Für Robert und für Amy gilt, dass ihre jeweiligen Ressentiments sie höchst empfänglich machen für demagogische, scheinbar idealistische Versprechungen.[46] Beide sind nach der Schlussveranstaltung völlig hilflos und erschüttert, werden aber jeweils von Laurie und von Ben beruhigt.

3. Als einer der Stars der Football-Mannschaft ist **David Collins** beeindruckt von den neuen Motivationen und möchte sie für die Verbesserung der Football-Ergebnisse nutzen. Seine Haltung ist die des Managers, dessen oberste Priorität der Erfolg seiner Firma ist und der erst in zweiter Linie private Person ist.[47] Er kritisiert Laurie, wenn sie die neue Methode auch nur indirekt in Frage stellt, und er verübelt ihr ihren späteren Widerstand, weil ihre Haltung seine Lage erschwert. David erweist sich zunächst also vor allem als Vertreter der opportunistischen Mitläufer, die die Slogans der Welle für ihre eigene Position

45 Die Welle, S.76, cf. auch S.101ff.

46 Manes Sperber, Zur Analyse der Tyrannis (Europaverlag 1975), S.58: „Wer auf das Ressentiment spekuliert, kann nicht fehlgehen. Der Alltag erzeugt in den sozusagen alltäglichen Menschen ein ungeheures und sich ununterbrochen steigerndes Ressentiment...es ist seinem Wesen nach einem Ohnmachtsgefühl, einem übersteigerten Minderwertigkeitsgefühl identisch.In dem Ressentiment steckt die Tendenz, diejenigen zu überwinden, die an der Ohnmacht schuld sind...“
Haffner (a.a.O.), S.79: „Alle Ressentiments und alle Negationen des Nazismus waren in diesen jungen Leuten schon vorhanden.“

47 In der amerikanischen High School ist das Football-Team eine der wichtigsten Gruppen der Schule. Sein Erfolg ist von erheblicher Bedeutung für das Prestige der Schule.

und die der Football-Mannschaft benutzen möchten. Nur durch Lauries Zivilcourage wird David sich in der Krisensituation plötzlich seiner Schwäche bewusst und kann sie mit ihrer Hilfe überwinden.[48]

4. **Ben Ross** sagt am Ende zu den Jugendlichen:
„Ich bin sicher viel mehr zum Führer geworden, als ich es wollte. Hoffentlich glaubt ihr mir, wenn ich sage, daß es auch für mich eine schmerzliche Lektion war."[49]

Bemerkenswert ist die kritische Selbstbeobachtung des Lehrers, die ihn dennoch vor Fehleinschätzungen und Fehlern nicht bewahrt. Mit der Schaffung einer Führeridentität in seiner Person bündelt er alle Erwachsenenautoritäten und übernimmt damit eine für ihn selbst untragbare Verantwortung. Jede seiner Gesten, jedes seiner Worte werden nun überhöht und übermäßig bedeutsam. Er bekommt Macht. Ohne machtgierig zu sein, empfindet er doch zunächst Genugtuung über seinen gewachsenen Einfluss auf die Schüler. Er ist sich sicher, dass seine Schüler nach den neuen Prinzipien handeln werden und dass das Experiment nicht außer Kontrolle geraten wird. Er ist fasziniert von der Wirkung seiner eigenen Konstruktion.[50]

Bei den ersten Widerständen spürt er jedoch den Erwartungsdruck der Jugendlichen und den eigenen Erfolgsdruck als belastende Herausforderung, die ihn immer verbissener und isolierter macht. Der Anführer wird zusehends zum gestressten Objekt der Bewunderung und der Erwartung und isoliert sich andererseits durch sein neues Image immer mehr. So wie die Anhänger der Bewegung nur noch deren Motto kennen, verengt sich auch Ben Ross' Wahrnehmung auf seine Rolle für die Welle-Mitglieder, die er nicht enttäuschen möchte. Diese Verengung des Blick-und Urteilsfeldes ist für ihn selbst eine Gefahr, die er

---

48 Die Welle, S.131. David: „Mir kommt es vor, als hätte die Welle mich einmal eingesogen, und als könnte sie es vielleicht noch einmal tun." „Unmöglich!" versicherte Laurie lachend.

49 Die Welle, S.137.

50 Die Welle, S.64.

spät erkennt. Christy ist zur Korrektur dieser Entwicklung sehr wichtig, da sie ihm ein zunächst scherzhaftes, später aber immer kritischeres Feed-Back gibt. Sie hilft ihm mit ihrer klaren Kritik und ihrem persönlichen Engagement.

5. Außer Christy und Lauries Mutter verhalten sich die meisten **Erwachsenen, Kollegen** und **Eltern**, nicht eindeutig gegenüber den Veränderungen an der Schule. Bens Kollegen sind ohnehin sehr unterschiedlicher Meinung über seine Person und seinen Unterrichtsstil. Sein wachsender Einfluss und das veränderte Auftreten der Schüler lösen zwangsläufig Irritationen aus, die sich aber nicht offen äußern, weil Ben Ross zunächst Erfolg hat. Die Kritik der Kollegen an ihm („Gehirnwäsche") wird mit jedem negativen Vorfall deutlicher, aber sie wird nicht an ihn gerichtet. Der Direktor verlässt sich zunächst auf seine Erklärungen und setzt ihm erst ein Ultimatum, als sich die Vorwürfe häufen. Mit dem Thema, das Ben Ross beschäftigt und das den Vorgang ausgelöst hat, setzt sich außer Christy keiner an der Schule auseinander.

Lauries Eltern, vor allem ihre Mutter, verfolgen ihr Schulleben mit einem Interesse, das Laurie häufig zu Widersprüchen reizt. Mrs Saunders scheint als einzige der Eltern informiert und selbstbewusst genug zu sein, um ihre Tochter sofort auf die möglichen Gefahren aufmerksam zu machen (Kpt.7)[51]. Ihr Mann, der den Lehrer und seine neuen Prinzipien zunächst verteidigt, wird erst kritisch, als er von der Diskriminierung eines jüdischen Schülers erfährt und die Empörung der anderen Väter erlebt (Kpt.12).[52] Dieser Vorfall löst die unmittelbarsten und heftigsten Proteste aus.[53]

---

51 Die Welle, S.52/54. Mrs Saunders: „Das gefällt mir nicht. Das kommt mir so militaristisch vor." „Und glaubst du nicht, daß es gefährlich ist, wenn ein Lehrer seine Schüler derart manipuliert?"

52 „Dieser Versuch scheint außer Kontrolle geraten zu sein, Laurie ..." Die Welle, S.95.

53 Die Welle, S.99, S.123.

Zusammenfassend ist festzustellen, dass die anfängliche relativ variable Konstellation der Personen im Verlauf weniger Tage unter der Einwirkung des Experiments zerbricht. Es entsteht eine scheinbar homogene Gruppe, die einer Leitfigur folgt, sich durchsetzen will und ihre Überzeugungen propagandistisch verbreitet. Für viele Jugendliche bedeutet das eine neue Identität, Sicherheit und Stärke in der Gruppe, für andere, wie z.B. Laurie Saunders, bedeutet es den Verlust ihrer sozialen Rolle und die Herausforderung, sich mit den neuen Ideen auseinander zu setzen. Während viele in der Bewegung aufgehen, bildet Laurie zusammen mit Alex Cooper und Carl Block das Zentrum der öffentlichen Gegenmeinung in der Schülerzeitung.

Die Erwachsenen sind in den wenigsten Fällen interessiert, informiert und motiviert genug, um die Beweggründe und Absichten des verantwortlichen Lehrer zu erfragen. Sie überlassen ihm zu lange und zu gleichgültig das pädagogische Terrain und wählen schließlich den Beschwerdeweg zur Schulleitung.

2.6 Das Setting der „Welle"

Der Begriff bezeichnet die örtliche, zeitliche und soziale Welt und Umwelt, in der sich die Handlung abspielt. Ben Ross beschreibt sie wie folgt:

„Die meisten der Schüler waren in der kleinen Vorstadtgemeinde aufgewachsen, die sich ruhig und friedlich um die Gordon High School ausbreitete. Sie entstammten gesunden Mittelstandsfamilien, und trotz der Fülle von Grausamkeiten, mit denen sie durch die Massenmedien überschüttet wurden, waren sie überraschend naiv."[54]

Wie soll er die grauenhafte Realität der Nazi-Diktatur und ihrer Verbrechen diesen Jugendlichen so vermitteln, dass sie etwas aus diesen historischen Vorgängen lernen und erinnern? Das Fehlen von Problembewusstsein, von schwierigen Erfahrungen und von Allgemein-

54 Die Welle, S.15.

wissen verstellt ihnen jeden Zugang zu dem Leben in Unfreiheit, Diktatur und Faschismus. Der naive Optimismus, mit dem sie ihre Gegenwart erleben und ihre Zukunft erhoffen, mischt sich mit einer Bereitschaft zur Anpassung, zum Konsens, zum Konformismus, die den meisten als der richtige Weg zum Erfolg erscheint.

Gordon High School wird nur in wenigen Details konkret als Schulwelt dieser Jugendlichen charakterisiert. Aus dem Text kann geschlossen werden, dass es häufig Klagen über mangelnde Disziplin und Lernbereitschaft gibt. Vor allem die älteren etwa 17-jährigen Jugendlichen in Ben Ross' Klasse geben an der Schule den Ton an. Die Autoritäten werden von ihnen akzeptiert, aber nicht mit besonderem Respekt behandelt. Direktor Owens leitet die Schule liberal und mit Interesse für neue Ideen.

Die Jugendlichen schätzen besonders Lehrer wie Ben Ross, die ihren Unterricht spannend gestalten. Sport ist das Hauptinteresse der Jungen. In der Football-Mannschaft der Schule unter dem Coach Schiller zu spielen, ist eine erstrebenswerte Auszeichnung. An der Schule gibt es eine Schülerzeitung, die für alle interessant ist. Die Mitarbeit an solch einer Zeitung wird in einer High School als besonderes Engagement gewürdigt. (Laurie erlebt aber immer wieder frustriert, dass die Zuverlässigkeit ihrer Mitarbeiter sehr zu wünschen übrig lässt.) Das Rauchen ist verboten; das Verbot wird aber häufig übertreten. Die Beziehung zwischen den Erwachsenen und den Jugendlichen an der Schule ist entspannt. Soziale Konflikte scheinen hier unbekannt. Es ist eine High School der 70er Jahre, die, fern den Erschütterungen durch den Vietnamkrieg, der die Generationen spaltete, weit weg von den Konflikten um die Rassen integrierten Schulen, die freie Entfaltung der Persönlichkeit und den naiven Glauben an den „American Dream" pflegt. Anders als viele Schulen jener Zeit scheint diese Schule auch keine Drogen- und Gewaltprobleme zu kennen. Sie wirkt wie eine kleine harmonische Welt.[55]

Dabei empfinden viele Schüler es anscheinend selbst als unangenehm, dass es Wettbewerb, Neid, Unzuverlässigkeit und mangelndes Kameradschaftsgefühl unter ihnen gibt, was mögliche Erfolge z.B. beim Football verhindert. Sie kritisieren selbst die Cliquen und Rivalitäten. Dennoch wird die Atmosphäre bestimmt von ehrgeizigem Konformismus und einer oberflächlichen Konsensmentalität, die den „Small Talk" und das unechte Reden fördern, offene Gespräche jedoch nahezu ausschließen. Andererseits wird davon berichtet, dass es unter den Football-Spielern häufig Streit gibt, der durch Rivalitäten verursacht wird.

Ben Ross verändert im Experiment schrittweise ein wenig mehr an dem, was den Jugendlichen so selbstverständlich und vertraut ist:

Er ist nicht mehr der leger gekleidete, entspannte, verständnisvolle junge Lehrer, der sich damit positiv von anderen Kollegen unterscheidet, sondern eine korrekt gekleidete, anspruchsvolle Autorität, die führt, fordert und Macht verteilt, die den gelangweilten Schülern mit einer Folge eindeutiger Signale ein neues Verhalten abverlangt.

In wenigen Tagen ersetzen die Schüler die Grundüberzeugungen der High School, - Demokratie, Integration, Individualität[56] - durch den Schlachtruf, der mit dem neuen Wort „strength" = Macht, Stärke beginnt. Sie akzeptieren ohne Einwände die gegenseitige Überwachung, die Bildung einer starken Welle-Truppe und den Welle-Gruß, der

---

55 Ein Vergleich mit N.H. Kleinbaum, Dead Poets Society (Bantam, 4. Auflg. 1996) ist aufschlussreich und lohnend: Welton College ist eine Schule der 50er Jahre, die, anders als Gordon High, eine ehrgeizige, exklusive und bigotte Schulatmosphäre pflegt. Auch der Lehrer Keating will den Jungen eine intensive emotionale Erfahrung vermitteln. Durch die Begegnung mit Dichtung möchte er ihnen eine andere, echtere Realität, das Gefühl für ihren eigenen Wert, ihre wirklichen Bedürfnisse und die Fülle des Lebens geben. Seine Impulse werden in der Umwelt bald angefeindet, aber sie behalten ihre Wirkung für die Schüler.

56 cf. Anmerkung im engl. Teil 6.2.4.

sie von den anderen Schülern unterscheidet.[57] Daraus entstehen Konflikte, für die diese Jugendlichen und ihre Umwelt keine Lösungen bereithalten. Das oberflächlich entspannte und konfliktarme Setting erweist sich in kurzer Zeit als brüchig. Die mangelnde Gesprächs- und Konfliktfähigkeit wird deutlich sichtbar und ausnutzbar. Die Unfähigkeit der Jugendlichen, gegensätzliche Meinungen anzuhören und zu bedenken, führt in dieser angespannten Situation besonderen Gruppendrucks schnell zu Beschuldigungen, Zerwürfnissen und schließlich zu der Diffamierung und Verfolgung Andersdenkender. Die Bereitschaft zu dem, was Ben Ross als „Faschismus" bezeichnet, ist durch den erworbenen Konformismus latent vorhanden und findet keine überzeugte Gegenwehr.

In der letzten Phase des Experimentes ist die Schulöffentlichkeit entzweit. Es gibt heftige Proteste aus Elternkreisen und von einem Rabbi. Der Rat der Schule hat eine Untersuchung und die Befragung von Schülern begonnen. Die vormals scheinbar heile Welt ist von der Welle erfasst und zum Schrecken der Außenstehenden nahezu außer Kontrolle, vor allem auch der Selbstkontrolle, geraten.

Die Lektion, die den Jugendlichen im Gedächtnis bleiben soll[58], gilt nicht nur Ben Ross selbst, sondern sie richtet sich an das gesamte Setting der Schule und ihres Umfeldes.

---

57 Ben Ross wirft ihnen diese Willfährigkeit zum Schluss vor: „Ihr kamt euch besser vor als alle anderen außerhalb dieser Aula. Ihr habt eure Freiheit gegen das verschachert, was man euch als Gleichheit vorgesetzt hat. Aber ihr habt die Gleichheit in Vorherrschaft über die Nicht-Mitglieder verwandelt."

58 Die Welle, S.137.

2.7 Die Botschaft der „Welle“: Die Absicht des Pädagogen

„Ich wollte, daß die Schüler erfahren, wie es damals in Deutschland zuging. Sie sollten aber nicht nur etwas darüber lesen, sondern selbst erleben...“[59]

Mit dem Film wollte Ben Ross die Gefühle der Jugendlichen ansprechen.[60] Er spürte jedoch, dass sie zwar Entsetzen und Abscheu angesichts der Untaten empfanden, aber den Terror der Nazi-Zeit nicht erkannt und verstanden haben.

Daher beabsichtigt er, ihnen ein Gefühl für die Macht des „Faschismus“[61] zu geben und ihnen zu zeigen, welche Gefahr dieser für jede Gesellschaft ist. Der Lehrer geht dabei von der grundsätzlichen Bereitschaft des Individuums zur Anpassung an die Normen der Umwelt aus. Er weiß, dass Militarisierung, Propaganda und ein stark und entschlossen erscheinender Führer vor allem junge Menschen zu willenlosen Werkzeugen machen können. Durch das Nacherleben von Elementen des „Faschismus“ mutet er ihnen einen Test ihrer Zivilcourage und demokratischen Haltung zu. Er ahnt vielleicht schon, was er am Ende kritisch und selbstkritisch feststellen muss:

„Faschismus, das ist nicht etwas, das nur andere Menschen betrifft. Faschismus ist hier mitten unter uns und in jedem von uns.“[62]

---

59 Ron Jones in „Scholastic Voice“, 18.9.1981, zit. aus Die Welle, Nachbemerkung des Verlages, S.141.

60 Die Welle, S.15.

61 „Fascism“, als „Faschismus“ übersetzt wird, entspricht eher dem deutschen Begriff „Totalitarismus“. Gemeint ist der unumschränkte Verfügungsanspruch einer Herrschaft über die Beherrschten mit den Mitteln einer verlogenen Ideologie, eines durchdringenden Polizeiapparates und des Terrors.

62 Die Welle, S.136.

Gegenüber dem umfassenderen Begriff „Totalitarismus" wird „Faschismus" im Deutschen als Sammelbegriff für nationalistische, autoritär-antidemokratische und antiparlamentarische politische Bewegungen im 20. Jh. gebraucht[63]. In der Definition des englischen Wortes „fascism" werden zwei Elemente als charakteristisch betont:

„a right-wing political philosophy that believes in the importance of having **a powerful dictator** and state control. Nationalistic feelings are encouraged and political opposition is not allowed."[64]

„an extreme right-wing political system or attitude, which favours strong central authority and **does not allow freedom of speech**."[65]

„Fascism" ist für Amerikaner das komprimierte hässliche Gegenbild zu ihrem eigenen System: Auf der Grundlage der amerikanischen Verfassung hat sich das System der „checks and balances" zum Prinzip der Selbstregulierung der Machtstrukturen in der Demokratie entwickelt. Es gilt als verlässliche Absicherung gegen die Übermacht einer Gruppe oder einer Person und als unverbrüchliches historisches Erbe. Als negatives Gegenbild erscheint den Amerikanern die Herrschaft eines Diktators. Das zweite Element ihres patriotischen Stolzes ist der Artikel I ihrer „Menschenrechts-Charta" (Amendments to the Constitution): Die Regierung darf kein Gesetz erlassen, das die **Religions- und Redefreiheit, die freie Presse und das Recht auf politische Opposition** einschränkt.[66] Dieser Artikel ist eine der Säulen der amerikanischen Bürgerrechte und der demokratischen Toleranz. Die

---

63 „Faschismus" wird im heutigen politischen Sprachgebrauch auch verwendet, um dem Gegner eine undemokratische, totalitäre oder eine antikommunistische und nationalistische Einstellung vorzuwerfen. Brockhaus Kompaktwissen (Wiesbaden 1983), 2. Bd.

64 Cobuild, English Learner's Dictionary (Klett, London 1989).

65 Oxford Advanced Learner's Dictionary (Oxford University Press 1995).

66 „Congress shall make no law respecting an establishment of religion, or prohibiting the free exercise there of: or **abridging the freedom of speech or of the press**; or the right of the people peaceably to assemble and to petition the Government for a redress of grievances." zit. nach: Lessons on the Constitution, Hg. John J. Patrick, Richard C. Remy (Washington D.C. 1985), S.137.

Abschaffung derselben wäre ihnen undenkbar und unannehmbar. Die Berufung auf diese Rechte gab Bewegungen wie der Bürgerrechtsbewegung der 50er und 60er Jahre und der Bewegung gegen den Vietnamkrieg etc. ihre einigende Kraft und Wirkung.

Vor diesem Hintergrund ist das von Ben Ross entwickelte Szenario mit dem autoritären Führer und der Unterdrückung der individuellen Haltung und Rede eine eindeutig negativ akzentuierte Provokation, die als solche schnell zu entlarven gewesen wäre. Ben Ross bewirkt zu seiner eigenen Überraschung mit wenigen geschickt gesetzten Impulsen, dass die Schüler nicht ihre demokratische Haltung, sondern ihre Bereitschaft zur unkritischen Anpassung und zum Glauben an die Versprechen des Führers unter Beweis stellen wollen.

2.8 Die Strategie

Um das didaktische Ziel der nachhaltigen Erkenntnis zu erreichen, wählt Ben Ross die Methode der Demonstration durch das Experiment mit **Reduktion, Inszenierung, Interpretation**:

Er reduziert die Ausgangssituation „Nazi- Deutschland“ auf wenige relevante Elemente, wendet sie auf die Schulsituation an und erschafft schrittweise das Szenario für ein soziales Drama. Anfang und Ende dieses Dramas inszeniert er als Initiator, Leiter des Experimentes, Hauptakteur, der zum Schluss zum Hauptkritiker wird. Der mittlere Teil, die „Anwendung“ der Lehre, ist seiner Kontrolle und z.T. seiner Wahrnehmung entzogen. Die abschließende Interpretation verbindet alle Teile des sozialen Dramas zu einem Lehrstück.

2.8.1 Das Szenario

a) Das Szenario der „Welle“ baut auf **Versprechen** auf:

Macht durch Disziplin / Macht durch Gemeinschaft / Macht durch Handeln. Diese Versprechen erscheinen wie Reklameschilder in großen Buchstaben an der Tafel.

b) Die darin auch enthaltenen **Forderungen** werden von Ben Ross erklärt und auf die Situation der Schüler angewandt. Die Begriffe „Disziplin, Gemeinschaft, Handeln" bekommen einen nachvollziehbaren, progressiven Sinn („positive Konnotation") .

c) Das **Gehorsamsverhalten** und die **Disziplin** werden exerziert, aber durch das spielerische und sportliche Element wird der Drill entschärft. Die Schüler assoziieren sofort positiv den Sport, wo sie das Verhalten anwenden könnten, und fühlen sich mit Energie aufgeladen.

d) Ben Ross bietet an jedem Tag des Experiments eine weitere **Motivation** an, die der **neuen Logik** und den verborgenen **Bedürfnissen** der Jugendlichen zu entsprechen scheint. Er appelliert an ihre Treue zu der gemeinsamen Idee, an ihre Opfer- und Leistungsbereitschaft, die sie zum gemeinsamen Erfolg führen werden[67], und er erreicht sie damit. Ein Schüler sagt: „Man fühlt sich wie neugeboren."[68] Andere drücken ihre Zustimmung und Begeisterung mit ähnlichen Worten aus. Sie fühlen sich nun als Teil eines größeren Ganzen.

e) Ben Ross ist ein vertrauenswürdiger Vermittler einer **positiven Botschaft**, die alle weitertragen und durchsetzen sollen. Er überzeugt sie durch seine sichere, optimistische und scheinbar logische Argumentation.

f) Er gibt ihnen Symbole:

Das **Symbol der Welle (Eine blaue Wellenlinie in einem Kreis):**

Es symbolisiert, wie Ben Ross erklärt, Bewegung, Richtung, Wucht, und Veränderung[69]. Damit hat er ihnen eine abstrakte und zugleich wiedererkennbare „Marke" gegeben, die von ihnen wie eine Auszeichnung getragen und als Gruß ausgedrückt wird. Dieses Symbol wird ebenfalls auf Postern und Armbinden verbreitet.

---

67 Die Welle, S.62.

68 Die Welle, S.63.

69 Die Welle, S.41.

Der Gruß: Mit der Geste, die als exakter Bewegungsablauf der rechten Hand zur linken Schulter und des erhobenen Armes mit leicht gekrümmter Hand als Variante des Nazi-Grußes zu erkennen ist, demonstriert das Mitglied seine Loyalität gegenüber der Bewegung. Die Geste unterstreicht seine starre, militärische Körperhaltung. Sie stärkt durch die Betonung des Oberkörpers das Selbstbewusstsein, beansprucht Raum und Aufmerksamkeit und drückt Überlegenheit aus.

g) Die Erlaubnis zur **Kontrolle** und **Meldung** gibt jedem Kontrolleur und jedem „Denunzianten" das Gefühl der Elite und besonderer Verantwortung für den Fortschritt der Bewegung. Damit entsteht andererseits das Element der **Angst**. Es gibt verschiedene Gründe und Stufen der Angst: Die Angst, nicht dazuzugehören, die Angst vor Strafe und Ausschluss, die Angst, denunziert, diskriminiert und verfolgt zu werden.[70]

h) Die **Versammlungen** sind Teil der **Propaganda**, d.h. der Verbreitung und Intensivierung der Doktrin nach innen und nach außen. Sie ersetzen oder schwächen andere soziale Kontakte und vermitteln das Gefühl der Gruppenzugehörigkeit und gemeinsamer Stärke.

i) Die **Veränderung der Gesellschaft und die Herrschaft der** Welle werden schließlich als eigentliches Ziel der Bewegung enthüllt und wirken als Verstärkung, dem Aufruf des nationalen Führers zu folgen.

2.8.2 Ambivalenz und Eindeutigkeit

Die Botschaft wird explizit und implizit vermittelt. Die explizite, also sprachlich vermittelte Botschaft wirkt optimistisch, vernünftig, demokratisch, engagiert und verantwortungsvoll. Sie enthält kulturell akzeptierte Werte und baut auf der Lehrer-Schüler Beziehung auf. Sie sagt: Werdet erfolgreich, indem ihr diszipliniert, solidarisch und aktiv seid.

---

70 Nicht nur Laurie und andere Schüler empfinden Angst. Auch Ben Ross hat Angsterlebnisse als „Diktator": Die Welle, S.105.

Die implizit vermittelte Botschaft durch die Symbole, das neue Auftreten des Lehrers, das Exerzieren, das neue Gemeinschaftsgefühl, die Überlegenheit und Beeinflussung anderer Schüler zielt tiefer und wird besetzt mit Angst und Verunsicherung. Sie vermittelt ihnen:

Wenn ihr zur Welle gehört, seid ihr ein Rädchen in der Bewegung. Nur in der Bewegung seid ihr stark. Ordnet euch unter und tut alles, damit sich auch andere unterordnen. Die Welle und der Führer haben Recht. Das müsst ihr durch eure Entschlossenheit, eure Leistung und euren Gehorsam beweisen. Ihr seid die Soldaten des Fortschritts und dafür müsst ihr kämpfen. Wer gegen die Welle ist, muss bekämpft werden.

Die Botschaft der Welle wirkt so intensiv und erfolgreich, weil sie optimistisch und spannend erscheint, weil sie vertraute Motive benutzt und Versprechungen macht, weil sie die bewussten und unbewussten Bedürfnisse der Jugendlichen anspricht und auf dem vorhandenen Konformismus aufbauen kann[71].

Nach ihrem Erlebnis der Elite-Gruppe und ihrem Gehorsam gegenüber einem Führer bietet Ben Ross ihnen am Ende mit der Vorführung „des Führers“ und der jungen Nazis die Möglichkeit, die Folgen ihrer eigenen Veränderungen wahrzunehmen und zu erschrecken. Die psychologische Wirkung, die er anstrebt, ist die der „Katharsis“ (Läuterung durch Furcht und Mitleid) . Wie die Zuschauer der griechischen Tragödie erleben die Jugendlichen Hitlers verhängnisvolle Macht über die jungen Deutschen mit, weil sie sich mit diesen identifizieren müssen. Diese Botschaft ist eindeutig. Ben Ross spricht wie ein Mann im Chor der griechischen Tragödie, der wissend und doch mitschuldig ist. Er hält den Zuschauern, seinen Schülern, den Spiegel vor und sieht sich auch selbst darin.[72]

---

71 vgl. Haffner (a.a.O.), S.77. H. beschreibt die deutsche Jugend zu Beginn der Nazi-Herrschaft. In der Nachkriegszeit aufgewachsen und ohne positive Erfahrung und Orientierung, erwartete sie von der Nazi-Bewegung ein befriedigenderes, spannenderes Leben.

72 Die Welle, S.135ff.

2.8.3 Die Fähigkeit zu trauern[73]

a) „... dann mußte er dafür sorgen, daß sie eines wirklich lernten: Gründlich zu fragen, nie jemandem blind zu vertrauen, sonst..."[74] „Die Wirkung auf die Schüler war erschütternd."[75]

Viele weinen, alle scheinen betroffen oder verlegen. Amy, z.B. zeigt ihre „kathartische Läuterung", indem sie Laurie weinend umarmt und um Verzeihung bittet. Sie werfen ihre Mitgliedskarten und alle Symbole der Bewegung weg und gehen bedrückt und mit gesenktem Kopf davon. Ihre frühere naive und überhebliche Sicherheit, dass sie sich nie wie die Deutschen einer verbrecherischen Minderheit untergeordnet und danach die Wahrheit geleugnet hätten, liegt nun weit zurück. Es herrscht eine Stimmung der Trauer und Erschütterung.

Warum zeigen diese Jugendlichen die Fähigkeit, über ihre kurzfristige „Verirrung" zu trauern, während nach Mitscherlich[76] der größte Teil der deutschen Gesellschaft nach dem Krieg ohne Anzeichen von Trauerarbeit angesichts der Opfer der ungeheuerlichen Vernichtungsdiktatur blieb?

Der Versuch einer Erklärung muss in erster Linie auf den pädagogisch-experimentellen Charakter der Erfahrung hinweisen:

Ben Ross hat das Ende des Experimentes als **Lernen durch Schock** gestaltet, wobei der Schock aus der Identifikation der verleugneten Seite der eigenen Persönlichkeit mit den Nazi-Jugendlichen entsteht. Das ist eine wirkungsvolle Methode, um sofortige und nachhaltige emotionale Umkehr und möglichst auch Einsicht zu produzieren, wenn die progressive Selbsterkenntnis und entsprechende selbstverant-

---

73 Vgl. Kapt. 3.1

74 Die Welle, S.135.

75 Die Welle, S.137.

76 vgl. Die Unfähigkeit zu trauern, zusammengefasst in Kapt. 3.1.

wortliche Verhaltenskorrekturen nicht möglich sind.[77] Die Chancen einer nachhaltigen Bewusstseinsbildung unter diesen Umständen sind groß,

- weil die Betroffenen jung, flexibel und noch beeindruckbar sind,
- weil die korrigierende Botschaft ihnen bildlich und verbal vermittelt wird und sie emotional und intellektuell erreicht,
- weil ihre Gewissensinstanz durch den eindringlichen Appell des Lehrers reaktiviert worden ist,
- weil sie weder Angst vor Strafen noch Ausgrenzung haben müssen und weil es keinen Rechtfertigungsdruck gibt,
- weil sie sich in ihrer vertrauten sozialen Umwelt neu orientieren und gegenseitig korrigieren können,
- weil sich ihr „Anführer" mit ihnen solidarisch und ebenfalls schuldig fühlt,
- weil sie das Gefühl bekommen, eine wertvolle Lektion für ihr Leben gelernt zu haben.

In Anwendung der Kriterien nach Mitscherlich[78] kann zusammenfassend geschlossen werden:

Für die Jugendlichen war die Erfahrung durch das Experiment kurz und einschneidend. Sie bedeutete daher aber auch keine tiefe und permanente Verwicklung und Komplizenschaft. Ihr bereitwilliger Gehorsam und ihr unkritisches Gruppenverhalten waren die erste Phase in Richtung einer Identifizierung mit der Macht eines Führers und seiner Doktrin. Das Schuldgefühl über eigene Schwächen war erträglich und musste nicht verdrängt werden, um das Selbstbild aufrechterhalten zu können. Da es keine massive Gegenwehr und falsche Märtyrer gegeben hatte, konnte es keine Erklärungsflucht in die eigene Opferrolle

---

77 Wir kennen diese Art der emotionalen Therapie u.a. in einzelnen Fällen jugendlicher Gewalttäter. Sie werden mit ihren Opfern konfrontiert oder erleben die Opfersituation unter psychologischer Begleitung.

78 vgl. Kapt. 3.1 : Die Unfähigkeit zu trauern:

geben. So hatten die Jugendlichen einige Illusionen über eigene Kompetenzen im Sozialverhalten verloren, aber ihre Umwelt war ihnen zum weiteren Lernen erhalten geblieben und sogar bereit, ihnen dabei zu helfen. Sie waren bereitwilig den verführerischen Slogans für eine neue Elite gefolgt, aber sie waren nicht Teil einer Unrechtsgesellschaft geworden. Ihr Anführer stand vor ihnen und stellte sich ihnen als Betroffener und Mit-Trauernder dar. Sie waren nicht allein und geächtet.

2.9 „Die Welle“: Ein didaktischer Roman

2.9.1 Die Gefahr des erfolgreichen Experiments:

„... wenn daraus ein Bewußtsein für Angst und Gewalt entstanden war, dann war das ein überwältigender Erfolg. Ein fast zu großer Erfolg.“[79]

Das Experiment ist zu einem „Selbstgänger“ geworden, der sich der pädagogischen Kontrolle schon fast völlig entzogen hat und dessen Beendigung unwägbare Gefahren mit sich bringen kann.[80] Die Vermutungen über die Verführbarkeit der Jugendlichen und die Bedeutung von Gruppendruck und Anpassung waren die unausgesprochene Ausgangsthese des Experimentes gewesen. Den Jugendlichen diese menschliche Schwäche nachfühlbar zu machen, war dessen Ziel gewesen. Nun ist die ironische Situation entstanden, dass die eindeutige Bestätigung der Ausgangsthese den Verantwortlichen vor kaum lösbare Probleme stellt:

Die „Probanden“ verstehen sich gar nicht als solche, sondern glauben weiter an die Fiktion der Bewegung als verheißungsvolle Realität.

Es bedarf einer ganz besonders einfühlsamen Therapie, um den Betroffenen zu helfen, ihre Überanpassung an die massive Manipulation zuzugeben und zu verarbeiten.

---

79 Die Welle, S.120.

80 vgl. die Befürchtungen von Ben Ross: Die Welle, S.121.

2.9.2 „Die Würde des Menschen ist unantastbar“:

„Man darf nicht mit Menschen experimentieren. Besonders nicht mit Schülern, die gar nicht wissen, daß sie Bestandteil eines Experimentes sind.“[81]

Diese Erkenntnis äußert der für das Experiment verantwortliche Lehrer kleinlaut gegenüber seinem Vorgesetzten, als dieser ihn wegen der heftigen Elternreaktionen zur Rede stellt. Der Lehrer bedauert später den Schülern gegenüber, sie für seine didaktischen Ziele manipuliert zu haben. Er erkennt das **Paradox**, dass er, um sie gegen faschistische Einflüsse immun zu machen, diese nicht nur inszeniert hat, sondern von ihnen selbst fasziniert worden ist. Der idealistische Pädagoge hat die Mittel zur Unterwerfung von Menschen nachgeahmt, und diese haben auf ihn zurückgewirkt. Der kritisch gebildete Erwachsene, der in diesem kurzen Zeitraum den Reiz der Macht erfahren hat, muss das Experiment auch als ernüchternde Erfahrung mit sich selbst werten. Er bedarf genauso der „Trauerarbeit“ und der kritischen Begleitung wie seine Schüler.[82]

2.9.3 Die Schwäche der Anpassung und die Kraft zum Widerstand:

„Die These, Jugendliche seien leicht zu blinder Gefolgschaft verführbar, fand ein amerikanischer Geschichtslehrer im Experiment bestätigt.“[83]

Jugendliche in einer „saturierten“ Gesellschaft sind nicht weniger anfällig für totalitäre Verführungen als die desorientierten Jugendlichen der 20er Jahre und die indoktrinierten jungen Menschen der Nazi-Zeit. Der Bericht über das Experiment in der „Dritten Welle“ und in dem späteren Roman ist für jeden Leser und jede Leserin eine bewegende und verstörende „Lehrstunde“, in der sich die Frage nach dem eigenen

81 Die Welle, S.123.

82 In dem Spiegel-Artikel „Warten auf den Führer“ (Nr.31, Juli 1976) S.128, wird von Ron Jones berichtet, dass ihn das Experiment „krank und schuldbewußt“ gemacht habe.

83 Der Spiegel, ebd.

Verhalten stellt. Aus dem Verlauf des Experimentes ist zu schließen, dass eine erfolgreiche Gegenstrategie die Fähigkeit zum nüchternen, vorurteilslosen Denken und Beobachten, zum kritischen, konfliktfähigen Dialog, zum solidarischen Handeln und in jedem Fall die Entwicklung von Zivilcourage voraussetzt.

2.9.4 Die Gefahr der Macht:

Selbst kritische, gebildete Erwachsene sind gegen Macht und Unterwerfung nicht besser gefeit als Jugendliche, wenn ihr Ehrgeiz, ihre Bedürfnisse und Ideale geschickt manipuliert werden: Die entsprechende Erfahrung macht Ben Ross als überzeugender Manipulator: Verschiedene durchaus positive Motive wie pädagogischer Eifer, Kreativität, Verantwortungsgefühl und Hingabe verbinden sich zu einem problematischen „Durchhaltewillen“, der den Pädagogen ebenfalls für kurze Zeit blind und taub für die Einwände der nächsten Umgebung macht. Das Motiv des „Zauberlehrlings“ findet hier eine ironische Variante: Nicht die Rückkehr des alten Hexenmeisters, sondern die Stimme der jungen Opposition rettet ihn aus der selbstgeschaffenen Kalamität.

3. ASPEKTE ZUR DISKUSSION

„Wie konnten sich denn die Deutschen ganz ruhig verhalten, während die Nazis massenweise Menschen abschlachteten, und dann behaupten, sie hätten von alledem nichts gewußt? Wie konnten sie das tun? Und wie konnten sie es auch nur behaupten?“ (Die Welle, 2. Kpt.)

Auf Lauries entsetzte Fragen weiß Ben Ross keine wirkliche Antwort. Die scheinbar naive Reaktion der Jugendlichen, die in den historischen Vorgängen das menschliche Maß suchen und nicht finden können, bewegt ihn jedoch tief und fordert ihn menschlich und pädagogisch heraus. Am Ende des Experimentes entsteht eine Situation, die man als Ent-Täuschung bezeichnen kann. Ben Ross enttäuscht die Schüler und gibt ihnen zugleich die Möglichkeit, den Zusammenbruch der Illusionen und folgender Fehl-Haltungen durch „Trauerarbeit“ zu einem Reifeprozess werden zu lassen. Damit bietet er eine heilsame Alternative zu der Flucht in die Verdrängung und ins Vergessen.

Dieses war in den ersten zwei Jahrzehnten nach dem Krieg die Haltung der meisten Deutschen gegenüber der nazistischen Ausrottungspolitik gewesen.

Zu den eindringlichsten Phänomenen nach dem „Holocaust“ gehört der eklatante und immer erneut verstörende Gegensatz zwischen der moralischen Schwäche und Gefühllosigkeit der direkt und indirekt Verantwortlichen und Schuldigen und der menschlichen Würde der überlebenden Opfer, obwohl ihnen Trauer, Einsamkeit und die qualvollen Erinnerungen das Leben und das ihrer Kinder verdunkelt haben.

Im Folgenden werden die zentralen Thesen aufgeführt, mit denen die Psychoanalytiker Margarete und Alexander Mitscherlich in ihrer 1967 veröffentlichten umfassenden Analyse **Die Unfähigkeit zu trauern** das Verhalten der Deutschen nach Hitler darstellten. Alle folgenden Hinweise auf Literatur zu diesem Thema unterstreichen den oben skizzierten und fortdauernden Gegensatz.

3.1 Die Unfähigkeit zu trauern - Thesen:

1. Nach dem Zusammenbruch des Dritten Reiches und der damit verbundenen Herrschaftsphantasien des Einzelnen investierten die Deutschen keinerlei Energie in die Verarbeitung der unmittelbaren Vergangenheit. Anstatt eigenes Verhalten aufzuarbeiten und damit auch Zusammenhänge zwischen der regressiv-aggressiven Haltung im Nationalsozialismus und dem nach der Niederlage vorherrschenden apolitisch-konservativen Verhalten zu erkennen, investierten sie alle Energien in den wirtschaftlichen Neuaufbau.

2. Drei Phasen der Abwehr der Schuldlast werden unterschieden:

   Zum ersten geschah eine starre emotionale Abwendung von vergangenen Geschehnissen; die Vergangenheit versank traumartig hinter einem Schleier des Vergessens. Diese schlagartig einsetzende Derealisierung ermöglichte die Identifikation mit den Siegermächten und das magische Ungeschehenmachen vergangener Ereignisse.

   Die Verwicklung in den Unrechtsstaat wurde nach der Niederlage durch die „Gehorsamsthese" gerechtfertigt. Durch den Aufbau einer neuen Existenz wurde das reale Schuldempfinden zu einem infantilen Schulderlebnis umgeformt. So wurden aus betroffenen Deutschen „Nicht-Betroffene".

3. Nach dem Tod und der totalen Entwertung des Führers empfanden die Deutschen tiefe Verarmungs- und Selbstentwertungsgefühle, die normalerweise Melancholie und Trauer auslösen. Es gab jedoch kein Phänomen der Massenmelancholie. Da zu dem aufgegebenen Ich keinerlei Beziehung empfunden wurde, stand man nach dem Zusammenbruch der eigenen Vergangenheit ohne persönliche Betroffenheit und Erinnerung gegenüber. Durch Verweigerung der inneren Anteilnahme für die Opfer und durch totales Abbrechen der Brücken zur eigenen Vergangenheit entgingen die meisten der Melancholie und der Trauer.

4. Die Untersuchungen der Psychoanalytiker zeigten, dass die Distanzierung der Betroffenen zu ihrer eigenen Vergangenheit eine weitere Phase der neurotischen Verdrängung ausgelöst hatte: Patienten, die persönlich in unterschiedlichem Maß involviert gewesen waren, zeigten einen starken Drang zur Projizierung von Schuld. Keiner war zu tieferer Einfühlung in die Situation der Opfer des Terrors fähig. Eigene Verantwortung wurde von vornherein abgelehnt. Die Trauer beschränkte sich auf Trauer um sich selbst.

5. Das Fehlen einer melancholisch-depressiven Trauerarbeit oder einer Massenmelancholie, die totale Verleugnung der eigenen Vergangenheit und die erfolgreiche Befreiung von Schuldlast, die Abwesenheit auffälliger Krankheitsbilder, die auf unterdrückte Schuldkomplexe hätten schließen lassen und das Ausmaß der Verdrängung angedeutet hätten, die schnelle und totale Kehrtwendung einer Gesellschaft, dies alles war nur durch ein Weiterwirken starker Tabus und Ressentiments zu erklären.

6. Die Autoren stellten die These auf, dass Haltungen und Denkstrukturen offenbar weiterwirkten und dass weiterhin Aggressionen durch die Projektion auf Feindbilder ausgelebt wurden. In einer solchen Gesellschaft fehlte die Einfühlung in die Opfer und damit die Fähigkeit, mit ihnen und um sie zu trauern.[84]

---

84 vgl. auch Margarete Mitscherlich-Nielsen, „Die Notwendigkeit zu trauern", in: Im Kreuzfeuer: Der Fernsehfilm-Holocaust - Eine Nation ist betroffen, Hg. Peter Märthesheimer, Ivo Frenzel (Fischer Hamburg 1979), S.207-216: „Um nach dem Untergang des Hitler-Reiches die Angst, die Schuld und die Scham zu vermeiden, wurden(also) seelische Abwehrvorgänge von der Art der Verdrängung, der Verleugnung, der Projektion wie z.B.: nicht die anderen, sondern wir waren die unschuldigen Opfer etc. eingesetzt. Denn wenn überhaupt Erinnerung sein mußte, geschah das meist als Aufrechnung der eigenen gegen die Schuld der anderen. Die bedauernswertesten Opfer waren dann imgrunde wir selber". Ebd., S.212.

3.2 Schuld ohne Sühne: Beispiele

Heinar Kipphardt,Bruder Eichmann, Schauspiel und Materialien (Werkausgabe) Rowohlt Hamburg 1986)

Ingrid Müller-Münch,"Eine mühselige Lektion in Geschichte-Seit fünf Jahren läuft in Düsseldorf der Prozeß um die Verbrechen im Konzentrationslager Majdanek"(Frankfurter Rundschau ,14.2.1981)

Das Paradox der Ruhe der Täter und des fortgesetzten Leidens der Opfer beschreibt Jean Amery u.a. in einer kurzen Betrachtung des Majdanek-Prozesses in dem Text:

„Das Unverjährbare", „...daß nicht dennoch für die Geprügelten es schlichthin unerträglich ist zu wissen, daß den Schlägern nicht einmal Unruhe verursacht werde; daß nicht deren gutes Gewissen zu erschüttern sei; daß nicht die Täter eine, ach, wie bis zur Nichtigkeit abgeschwächte Spur jener **Angst**, die ihre Opfer erlitten, heimsuche, und ihnen ihr Altersidyll verderbe. Bleibt dieses unaufgestört, dann gesellt sich für die Getroffenen zum Leid und zur Schmach am Ende noch das bis in die Todesstunde sie begleitende Gefühl, sie hätten ihr Mißgeschick verdient." [85]

Diedrich Diederichsen, Politische Korrekturen(Kiepenheuer & Witsch 1996) S. 87 ff

Diederichsen erkennt in der Form der Auseinandersetzung der Medien, eines Teiles der Öffentlichkeit und vor allem vieler Historiker mit den Thesen von Daniel J. Goldhagen in Hitler's willige Vollstrecker[86] einen neuen Revisionismus. Die Nazi-Zeit soll anscheinend „offen", d.h. auch re-interpretierbar bleiben.

---

85 zit. nach der Sammlung Nicht irgendwo, sondern hier bei uns! Materialien für Tutoren des Schülerwettbewerbs „Alltag im Nationalsozialismus - Die Kriegsjahre in Deutschland" (Körber Stiftung Hamburg 1982).

86 Hitlers willige Vollstrecker: Ganz gewöhnliche Deutsche und der Holocaust, (Siedler Vlg. 1996).

„Knappe Formeln erklären den Mord and den Juden nicht“Forschungsbericht von Ulrich Herbert[87]

Obwohl Herbert Goldhagens Position und Grundthese des historischen „eliminatorischen Antisemitismus“in Deutschland abwehrt, geht er mit seiner Darstellung neuer Forschungen zu einzelnen Aspekten und Vorgängen des „Holocaust“ doch den zentralen Thesen Goldhagens nach, die durch die Forschungsergebnisse indirekt bestätigt werden:

1. Die Enteignung zunächst der deutschen, dann der europäischen Juden war kein geheimer, abgeschotteter Vorgang, vielmehr vermochte ein nicht kleiner Teil der deutschen Bevölkerung davon, oft wissentlich, zu profitieren.

2. Die indirekte Kenntnis von den Morden und die logistische Beteiligung an der Ausführung des Genozid war sehr viel verbreiteter als bislang angenommen.

3. Es waren in die Massenmorde militärische und zivile Stellen in hohem Maße verwickelt. Geheimhaltung musste nicht unbedingt angestrebt werden, da Widerstand nicht befürchtet wurde.

In dem Sammelband „Der Gestapo-Mythos“ und Realität[88] wird der Zusammenhang zwischen der Gestapo und der Gesellschaft analysiert. Die Untersuchung macht auf die hohe Bereitschaft zur Mithilfe bei der Verfolgung von Minderheiten durch Denunziation aufmerksam.

Robert M.W. Kempner, Rechtsanwalt und hoher Beamter in Preußen, 1935 ausgebürgert, 1945 Hauptankläger bei den Nürnberger Prozessen, schreibt in „Die Wahrheit über die Reichspogromnacht“[89]:

---

87 Frankfurter Rundschau, 25.1.1997.

88 Hrsg. Gerhard Paul / Klaus-Michael Mallmann (Wissenschaftliche Buchgesellschaft, Darmstadt 1995).

89 in: „Niemand war dabei und keiner hat's gewußt“ - Die deutsche Öffentlichkeit und die Judenverfolgung 1933-1945, Hg. Jörg Wollenberg (Serie Piper, München 1989), S.72-78.

„Ich habe am Anfang meiner Worte hervorgehoben, daß der Raub jüdischen Vermögens und die persönliche Vernichtung der Juden bereits im Januar 1933 begonnen haben, und nicht etwa erst mit der Kristallnacht. Dies alles geschah nach den Methoden der Mafia...Das Finale war die"Endlösung der Judenfrage".

Das Protokoll vom 20. Januar 1942, aufgrund dessen der Mordplan organisiert wurde, haben meine Mitarbeiter und ich in den Akten des Ribbentrop'schen Auswärtigen Amtes entdeckt."[90]

Der Spiegel(Nr.4 20.1.1997) S. 70 ff: NS-Verbrechen-„Ich war wertvoll für die" Jahrzehnte galt er als tot, der frühere Sturmbannführer der SS K.H. lebte komfortabel von Gnaden westlicher Geheimdienste..."

3.3 Das Überleben als Schmerz: Beispiele

Arno Lustiger, Überlebender des Holocaust, Historiker und Vermittler des deutsch-jüdischen Dialogs soll hier nur als einer der ungezählten und doch selten angehörten Zeugen genannt werden.

Erst im Januar 1997 spricht er nach jahrzehntelangem Schweigen über seine Erinnerungen an die Qualen der KZ-Häftlinge und an sein eigenes Leid. Die auf die Befreiung folgende leidvolle Trauer der Überlebenden, die viele in den Selbstmord trieb und das Leben aller überschattete, nennt er die „Überlebensschuld"[91]

Ruth Klüger,weiter leben.Eine Jugend (dtv München 1994)[92]

---

90 ebd., S.74/75, S.78.

91 (Bericht in Report, ARD, vom 27.1.1997).

92 Besprechungen u.a. von Clemens Kammler „Ein Ereignis im Auschwitz-Diskurs", in: Der Deutschunterricht (Nr.47, 1995), S.19ff.
Stephan Braese / Holger Gehle, „Von „deutschen Freunden"; Ruth Klügers weiter leben - Eine Jugend in der deutschen Rezeption", in: Der Deutschunterricht (Nr.47, 1995), S.76ff.

Cordelia Edvardson,Gebranntes Kind sucht das Feuer(Carl Hanser München,Wien 1986, Lizenzausgabe Büchergilde Gutenberg)[93]

Helen Epstein, Die Kinder des Holocaust-Gespräche mit Söhnen und Töchtern von Überlebenden[94] Vorwort:"Erst diese zweite Generation wagt es heute, die Augen zu öffenen und genau hinzusehen, wie unerträglich groß das Ausmaß des Erlittenen gewesen sein muß."[95]

David Luschnat, ein engagierter deutscher Schriftsteller, flüchtete im Frühjahr 1933 vor Festnahme und Verfolgung ins Ausland und erlebte alle Demütigungen und Benachteiligungen des Exilierten jener Zeit. Auch er litt fortan unter dem unwiederbringlichen Verlust der ermordeten Menschen und der Einsamkeit im Angesicht der unmenschlich gewordenen Heimat:

Darum sind wir die Weinenden

Immer noch weinen wir: in der unendlichen Frage
Verbunden mit der das Ganze bestimmenden Antwort
Und wissen nicht ein und nicht aus
Und sind da und sind einsam.
Warum wurden Kinder ermordet, lachende, fröhlich vertrauende,
Warum unsere Brüder - das Gute im Herzen
Und die Hoffnung auf eine menschlich gerichtete Zukunft -
Unsere Brüder, die sich um Wahrheit bemühten
Und Gerechtigkeit, Freiheit erkennend umgrenzten,
Und Frauen - Mütter kommender Menschen -

---

93 Besprechung u.a. von Horst Krüger; „Cordelias Opfergang durch die Hölle von Auschwitz", in: Die Zeit, 21.3.1986.

94 Helen Epstein: Die Kinder des Holocaust, Gespräche mit Söhnen und Töchtern von Überlebenden (dtv Zeitgeschichte 1990)

95 ebd.

Warum sind sie alle ermordet ?
Gefoltert, vergast, verbrannt, gehenkt und erschossen
Von einer frechen versteinerten Bande,
Die heute noch da ist und Geld hat
Und brüllend sich rühmt, daß sie da ist? -
Warum sind sie alle ermordet, der du da bist: Weißt du die Antwort?
Auch wir sind noch da : Klagende, Fragende.[96]

96 zit. nach Vs Vertraulich, Bd.3, Hrsg. Bernt Engelmann (Goldmann 1979), S.58.

4. PARAPHRASEN DER KAPITEL MIT THEMENHINWEISEN

Erstes Kapitel

Es ist ein warmer Sommertag in einem ruhigen Vorort einer amerikanischen Stadt, als die Chefredakteurin der High School Schülerzeitung, Laurie Saunders, zwischen zwei Unterrichtsstunden in dem Redaktionsbüro der Schule über einem Artikel für die nächste Ausgabe brütet. Irritiert stellt sie fest, dass sich das Redaktionsteam wegen des schönen Wetters nicht an das verabredete Treffen gehalten hat, wodurch die Zeitung wieder einmal nicht pünktlich erscheinen wird.

Auf dem Weg zur nächsten Stunde schaut sie in eine der Klassen, wo ihre Freundin Amy Smith Französischunterricht hat. Kurz vor dem Ende der Stunde wird Amy von Laurie abgelenkt, die ihr Grimassen schneidet und sie damit zum Lachen bringt.

Der Geschichtslehrer Ben Ross bereitet sich derweil auf seine nächste Stunde vor, in der er seinen Oberstufenschülerinnen und Schülern einen Dokumentarfilm vorführen wird. Während er sich erfolglos mit der Technik abmüht und es später David Collins, einem Schüler seiner Klasse überlässt, den Film richtig einzufädeln, denkt er bekümmert über die schlechte Arbeitshaltung einiger Schüler und ihre Gleichgültigkeit gegenüber dem Unterrichtsstoff nach, die sich auch wieder in den schriftlichen Hausaufgaben gezeigt haben. Während Laurie Saunders und Amy Smith immer die besten Leistungen erreichen, haben Brian Ammon und Robert Billings wieder die schlechtesten Arbeiten abgeliefert, ohne dass es sie zu stören scheint. Bei der Rückgabe der Arbeiten reagieren viele Schüler amüsiert oder gleichgültig auf Bens nachdrückliche Vorhaltungen, dass unbedingt eine ordentliche schriftliche Form der Arbeiten erreicht werden müsse.

Themen:

1. Lauries und Bens Frustrationen wegen der Unzuverlässigkeit und Gleichgültigkeit mancher Jugendlicher
2. Die Charakterisierungen und die Personenkonstellation
3. Bens Aufforderung an die Klasse

Zweites Kapitel

Der Film, den der Geschichtslehrer der Klasse in dieser Stunde zeigt, gehört zu dem Unterrichtsthema „Zweiter Weltkrieg“. Es ist ein Film über die Vernichtungslager der Nazis. Während der Film läuft, gibt Ben Ross einige Informationen zur Person Adolf Hitler, über den Terror in den Jahren der Nazi-Herrschaft und über die Millionen Opfer in den Todeslagern. Ben Ross selbst empfindet beim Anblick der schrecklichen Bilder erneut ungläubigen Schrecken. Als er nach dem Ende des Films seine Klasse verstört dasitzen sieht, gibt er ihnen gerne Gelegenheit, sich zu dem Gesehenen zu äußern. Ihre Äußerungen sind zumeist Fragen und betreffen drei Aspekte:

1. Wie konnten diese Verbrechen so ungehindert stattfinden?
2. Wie konnten die Deutschen vorgeben, nichts gewusst zu haben ?
3. Wie konnte eine Minderheit die Mehrheit so erfolgreich unterwerfen?

Ben Ross versucht, den Jugendlichen den Terror der Nazis und die Angst der deutschen Bevölkerung zu schildern, aber er stößt auf tiefes Unverständnis. Vor allem Laurie ist durch das Gesehene ganz verstört und erregt sich, als Ben Ross von dem angeblichen Befehlsnotstand spricht, mit dem nach dem Krieg die Täter solche Grausamkeiten entschuldigten.

Der einzige Schüler, der von allem unberührt geblieben war, ist Robert, der Klassenletzte, der während der ganzen Zeit geschlafen hatte. Er entzieht sich auch Bens Drängen, sein Verhalten zu erklären. Ben ahnt, dass Robert mit seiner Verweigerungshaltung auf das unerreichbare Vorbild seines erfolgreichen älteren Bruders reagiert.

Themen:

1. Der Inhalt des Filmes und seine Funktion in der Stunde
2. Bens Informationen und seine Bewertung der Nazizeit
3. Die verschiedenen Personen und ihre Fragen und Behauptungen

Drittes Kapitel

Auch den Schülern erscheint Roberts stumpfes Verhalten sonderbar; sie meiden ihn oder mokieren sich über ihn. Nach dem Unterricht sitzen sie in der Cafeteria; Laurie möchte noch über den Film reden, aber David, ihr Freund, winkt ab und meint, dass es eine Sache der Vergangenheit sei, die sich sicher nicht wiederholen werde. Die Jungen wollen lieber miteinander über Football reden und Amy Smith am liebsten mit Laurie über die Jungen. Im Redaktionsbüro bedrängt sie Laurie später mit Fragen nach ihrer Freundschaft zu David, und Laurie spürt wieder Amys Eifersucht. Als es plötzlich heftig an der Tür klopft, lässt Amy erschrocken ihre Zigarette fallen. Es erscheinen die beiden größten Spaßmacher der Schule, Carl Block und Alex Cooper, die zum Redaktionsteam gehören. Sie erkundigen sich nach dem Fortschritt der Zeitung, verschwinden aber schnell mit einem Scherz, als sie von Laurie zur Ablieferung ihres Beitrages aufgefordert werden.

Themen:

1. Die Atmosphäre unter den Schülern außerhalb des Unterrichts und ihr Verhältnis zu einander
2. Die unterschiedlichen Reaktionen auf den Film
3. Die Sprache der Jugendlichen

Viertes Kapitel

Ben Ross grübelt weiter über den Fragen der Schüler und versucht, überzeugendere Erklärungen für das Verhalten der Deutschen zu finden. Nachdem er in den Geschichtsbüchern nachgelesen und auch darin keine befriedigenden Antworten gefunden hat, kommt ihm der Gedanke, ein kleines Experiment zu versuchen, mit dem er den Jugendlichen vielleicht ein Gefühl für die Situation und das Verhalten der Deutschen in der Nazizeit geben könnte. Intensiv studiert er nun einige Fachbücher über den Aufstieg und das Ende des Dritten Reiches. Als seine Frau Christy spät abends nach Hause kommt, sitzt er immer noch über den Büchern. Sie erkennt, dass ihm wieder einmal sein Forschergeist keine Ruhe lässt.

Themen:

1. Reaktionen des Lehrers auf die Schülerfragen
2. Charakterisierung von Ben Ross
3. Charakterisierung seiner Frau

Fünftes Kapitel

Am nächsten Morgen beginnt Ben Ross die Unterrichtsstunde, die, wie so häufig, am Anfang durch kleine Zwischenfälle gestört wird, mit drei großen Worten an der Tafel: „ Macht durch Disziplin."

Er erläutert in das allgemeine Murren hinein, dass mit Disziplin Macht und Erfolg erreicht werden, und dass der erste Schritt dahin die absolut gerade Haltung sei. Er lässt Amy eine betont aufrechte Haltung mit den Händen hinter dem Rücken demonstrieren, die sie freier atmen lasse. Alle sollen die Haltung nachahmen. Vor allem Robert hält sich ganz steif und gerade, was Ben Ross besonders lobt. Anschließend lässt er sie auf Befehl aufstehen, herumlaufen, sich setzen und trainiert sie, immer schneller zu werden. Dann übt er mit ihnen ein Ritual ein: Ordnung der Notizen auf dem Schreibtisch, zackiges Aufspringen und Stehen neben dem Tisch zur Frage oder Antwort, Anrede des Lehrers mit „Mister Ross".

In immer schnellerem Tempo lässt er die Schüler die knappen Fragen nach diesem Muster ebenso knapp beantworten und kritisiert streng jegliche Abweichung davon. Während Laurie ganz irritiert ist, weil sie sich nicht so erfolgreich einfügt wie die meisten anderen, sind vor allem die Jungen wie Brian begeistert von dem Tempo und dem Ablauf der Stunde, die Ben Ross mit den Hausaufgaben und einem militärischen Befehl beendet. David ist noch danach ganz ergriffen von dem Gefühl, dass alle sich plötzlich wie eine Einheit verhalten hätten, und ihm kommt der Gedanke, auch die Football-Mannschaft so wirkungsvoll zu einer Einheit zu formen.

Er ist sprachlos, als er später im Waschraum sieht, wie Robert, der sonst so ungelenk „herumhing“, vor dem Spiegel militärische Haltung annimmt.

Ben Ross berichtet seiner Frau von dem Verlauf der Stunde und spricht davon, bald zum nächsten Geschichtsthema, dem Krieg im Pazifik, überzugehen. Tatsächlich ist er noch immer verblüfft von dem Erfolg seiner simplen Methode, die wie ein Spiel war, die ihn aber selbst mehr und mehr faszinierte.

Themen:

1. Die Bedeutung des Mottos
2. Das Training einer neuen Haltung
3. Die Wirkung des Neuen auf die Personen

Sechstes Kapitel

Als er am nächsten Morgen in die Klasse tritt und eine völlig disziplinierte, erwartungsvoll und steif aufrecht dasitzende Gruppe antrifft, entscheidet er spontan, das Experiment fortzusetzen, ohne genau zu wissen wie.

An der Tafel ergänzt er das Motto des Vortages: „Macht durch Disziplin - Macht durch Gemeinschaft“. Nachdem er sie dieses Motto mehrfach wiederholen lässt, führt er die <u>Welle</u>, das Symbol ihrer Gemeinschaft ein, das sie später als Gruß üben: Den Kreis mit der Welle, die Wandel, Kraft und gesammelte Bewegung ausdrückt. Mit der Hand formen die Schüler beim Gruß das Zeichen, führen den rechten Arm zur linken Schulter und heben dann den Arm. Mehr und mehr Schüler nehmen begeistert das Symbol ihrer Gruppe an und exerzieren vor Ben Ross den Gruß und das eingeübte Motto.

David ist so beeindruckt von der Wirkung der neuen Symbole, dass er sie sofort zur Verbesserung der Mannschaftsleistung im Football anwenden möchte. Er weiß, dass alle, vor allem aber Brian, die starken Spieler von Clarkstown fürchten. Als Deutsch, ein Schüler, der vergeblich auf seinen Einsatz im Spiel wartet, mit Brian in einen Streit gerät, verliert David die Geduld und kritisiert den Egoismus und die Eitelkeit vieler Spieler und fordert alle auf, endlich für den Erfolg zusammenzuarbeiten. Er beginnt, die Grundsätze der Welle zu erläutern.

Themen:

1. Die Bedeutung des Mottos „Macht durch Gemeinschaft" und des Symbols der Welle
2. Die Klasse als Kasernenhof
3. Die Probleme der Football-Mannschaft

Siebentes Kapitel

Laurie erzählt ihren Eltern am Abend von der unglaublichen Veränderung der Klasse durch die Welle. Ihre Mutter, die alles, was Laurie betrifft, genau beobachtet, äußert Kritik an den neuen Lernzielen und empfindet diese als Manipulation. Sie ist stolz darauf, dass Laurie sich zu einer eigenständigen Persönlichkeit entwickelt hat und sie ist überzeugt, dass die Vereinigten Staaten von eigenständigen, starken Persönlichkeiten geprägt wurden.

Lauries Vater ist hingegen überzeugt, dass dringend eine Verbesserung von Fleiß und Disziplin in der Schule nötig seien und dass der Geschichtslehrer sicher wisse, was er den Jugendlichen zumutet.

Laurie verteidigt ebenfalls vehement Ben Ross, ist aber durch die Kritik ihrer Mutter sehr irritiert.

Ben Ross ist am Abend zu Hause immer noch mit dem Thema beschäftigt und hat für nichts anderes Zeit. Seine Frau neckt ihn warnend als Dr. Frankenstein und meint, er solle nur nicht zum Opfer seines eigenen Experimentes werden, aber sie ist ernstlich betroffen darüber, dass Ben die Veränderungen so positiv findet und sie tatsächlich fortsetzen will.

Themen:

1. Lauries Familie
2. Die gegensätzlichen Positionen der Eltern und Lauries Reaktion
3. Die gegensätzlichen Positionen von Ben und Christy Ross

Achtes Kapitel

Seitdem David und Laurie miteinander befreundet sind, gehen sie immer gemeinsam zur Schule. So auch an diesem Morgen, an dem er Laurie begeistert von den neuen Chancen für die Fußballmannschaft durch die Methode der <u>Welle</u> erzählt. Laurie hält ihm die Kritik ihrer Mutter entgegen, die er aufgebracht abwehrt. Um nicht zu streiten, wechselt Laurie das Thema und spricht Davids Probleme in Mathematik an. Sie empfiehlt ihm, mit Amy zu sprechen, die ihm sicher gerne helfen würde.

In der nächsten Geschichtsstunde verteilt Ben Ross an alle Schüler Mitgliedskarten, von denen einige, die Helferkarten, mit einem roten X gekennzeichnet sind. Während Brian und Robert sich über ihr X auf der Karte freuen, ist Laurie ärgerlich über die Einteilung und fragt nach der Begründung. Ben Ross macht Laurie auf einen Regelverstoß aufmerksam und spricht von der notwendigen Selbstverwaltung der Gruppe. An der Tafel ergänzt er das Motto um die Worte:

„Macht durch Handlung.“ Er erläutert ihnen die Bedeutung von Disziplin und Gemeinschaft für erfolgreiches Handeln zugunsten eines gemeinsamen Zieles und stellt die Grundsätze ihres zukünftigen Verhaltens auf:

1. Zusammenarbeit statt Wettbewerb
2. Gleichheit aller Mitglieder der Welle
3. Gehorsam gegenüber den Regeln
4. Werben neuer Mitglieder, die sich verpflichten müssen, alle Regeln zu befolgen.

Einige Schüler äußern sich spontan begeistert und erfüllt von der neuen Bewegung. Ben Ross spürt, dass aus dem Spiel Ernst geworden ist, dass von nun an die Welle durch das Engagement der Mitglieder wachsen und eine Eigendynamik entwickeln wird.

Die Schülerrunde in der Cafeteria, zu der auch Robert eingeladen wird, ist sich sicher, dass Gemeinschaft und gegenseitige Unterstützung sie von manchem Druck befreien werden. Nur Laurie äußert Zweifel an der verordneten Gleichheit. Sie kann ihr Unbehagen aber nicht begründen und wird nach den neuen Regeln unverzüglich von Brian wegen ihrer Kritik an der Welle gerügt.

Themen:

1. Die Beziehung zwischen Laurie und David
2. Die Bedeutung des Mottos „Macht durch Handlung“
3. Die Botschaft und die Regeln der Welle
4. Der Optimismus der Jugendlichen

Neuntes Kapitel

Ben Ross registriert Veränderungen im Leistungsverhalten seiner Schüler. Alle sind bestrebt, diszipliniert zu arbeiten und ihre Hausaufgaben gut zu erledigen. Die Bewegung der Welle hat viele Mitglieder unter den Schülern gewonnen, und manche nehmen in ihren Freistunden freiwillig am Geschichtsunterricht teil. Sie loben den neuen Stil, den sie für fortschrittlich, demokratisch und effektiv halten. Der Lehrer fühlt sich bestätigt und hat das optimistische Gefühl, eine grundsätzlich anwendbare Methode zur Lösung aktueller Erziehungsprobleme entwickelt zu haben. Er träumt davon, einen pädagogischen Artikel über die Bewegung zu veröffentlichen.

In der Redaktionskonferenz berät das Schüler-Team über die Themen der nächsten Zeitung. Angesichts der unerklärlich unkritischen Anpassung vieler Jugendlicher an die neue Bewegung und ihrer rasanten Verbreitung beschließen sie, über die Welle zu schreiben und so viel wie möglich über die Bewegung herauszufinden.

Zu Hause erkundigt sich Mrs Saunders besorgt nach den Vorgängen in der Schule und erzählt, dass Roberts Mutter ihr begeistert die erstaunliche Veränderung ihres Sohnes geschildert habe. Lauries Mutter ist ernstlich besorgt, dass in der Schule Indoktrination und eine Art Sektenbildung stattfinden und dass Schüler wie Robert von der Bewegung abhängig werden könnten. Auch wenn Laurie noch alles als Spiel erklärt und verteidigt, ist ihr die fanatische Reaktion vieler Schüler doch unheimlich und unverständlich.

Themen:

1. Die Wirkung der Welle in der Schülerschaft
2. Die Wirkung der Welle auf Ben Ross
3. Die Wirkung der Welle auf Robert Billings

Zehntes Kapitel

Ben Ross wird am nächsten Morgen zu Direktor Owens gerufen, der sich von ihm die Welle erklären lässt, von der bisher schon so deutliche Veränderungen ausgegangen sind. Angesichts vieler sichtbarer Symbole der neuen Bewegung empfindet der Lehrer Optimismus und Stolz und setzt auf weitere Lernfortschritte in der Schule. Er versichert dem Direktor, der Elternproteste befürchtet, dass er sich seiner Sache ganz sicher sei und alles unter Kontrolle behalte. Owens drückt ihm sein Vertrauen aus und bittet ihn zugleich, immer daran zu denken, dass er es mit jungen, beeinflussbaren Menschen zu tun habe.

Themen:

1. Die Veränderungen in der Schule
2. Die Befürchtungen des Direktors
3. Die Erklärungen des Lehrers

Elftes Kapitel

Laurie findet in ihrem Büro einen anonymen Brief, der in der nächsten Zeitung erscheinen soll. Darin schildert einer der jüngeren Schüler, wie ein älterer Schüler der Welle ihn und seine Freunde mit Versprechen und Drohungen für die Welle zu werben versucht hatte. Er fühlt sich unter Druck, weil seine Freunde mittlerweile beigetreten sind und man ihm gesagt habe, dass es vielleicht bald zu spät zum Beitritt sei. Er stellt die Frage: „Zu spät wozu?"

Als Ben Ross das Büro des Direktors verlässt, sieht er überall die Vorbereitungen für den Nachmittag, an dem eine Versammlung der Welle-Mitglieder stattfinden soll. Mit Postern, Flugblättern und Fahnen wird für die Welle geworben. Robert ist seinem Lehrer gefolgt und erklärt ihm zu dessen Verblüffung, dass er sein Leibwächter sein möchte, um ihn, den Führer, zu beschützen. Ben Ross zögert. Ihm gehen die Folgen eines solchen Schrittes durch den Kopf: Roberts Erwartungen, seine eigene veränderte Rolle und die beobachtete Militarisierung, die sich in dem Reden von „Befehlen" zeigt. Schließlich willigt er ein, um das Experiment nicht zu gefährden.

Themen:

1. Inhalt und Funktion des Briefes
2. Lauries Zweifel und Konflikt
3. Bens Entscheidung, Robert als seinen Leibwächter zu akzeptieren

Zwölftes Kapitel

Am Nachmittag überlegt Laurie immer noch, ob sie zu der Versammlung gehen solle, als sie vor dem Fenster plötzlich einen heftigen Kampf zwischen zwei Jungen beobachtet, der schließlich von einem Lehrer beendet wird. Brian, einer der „Streithähne", brüllt noch das Motto der Welle, als er zum Direktor abgeführt wird. David trifft sie sehr nachdenklich an und will sie zum Treffen abholen. Er erläutert ihr, dass Deutsch, der gerade verprügelt wurde, ein Außenseiter sei, weil er immer noch mit Brian rivalisiere. Laurie kann seine Erklärungen und seine Begeisterung über das Funktionieren der Welle auch in seinem Football-Team nicht begreifen und weiß plötzlich, dass sie nicht zu der Versammlung gehen wird. Irritiert und enttäuscht unterstellt David ihr, dass sie die Gleichheit aller nicht verkraften könne, weil sie damit ihren besonderen Status als Klassenbeste und beliebteste Schülerin verlieren würde. Sie trennen sich im Streit.

Laurie flüchtet vor dem Lärm des Treffens in ihr Redaktionsbüro, wo sich später auch Carl und Alex, die „letzten der verkommenen Individuen", einfinden. Die beiden heitern Laurie mit ihren sarkastischen Sprüchen über die Welle und den neuen Fanatismus auf. Sie schlagen die Gründung einer Gegenbewegung, „das Gekräusel", vor. Die Drei erkennen, dass die nächste Schülerzeitung über die Welle bald herauskommen muss.

Am Abend erfährt Laurie von ihrem Vater, dass es nach dem Werbetreffen der Welle einen schlimmen Vorfall gab: Ein neuer Schüler an der Schule, der sich kritisch über die Welle geäußert hatte und ihr nicht beitreten wollte, war zusammengeschlagen worden, offenbar wegen seiner öffentlichen Kritik und weil er Jude war. Laurie ist entsetzt darüber, dass die Misshandlung eines Mitschülers mit solchen Argumenten begründet wird. Ihr Vater ist ernsthaft besorgt wegen der Diskriminierung und erwartet, dass etwas geschieht. Laurie versichert ihm, dass die nächste Schülerzeitung dafür sorgen werde.

Themen:

1. Der Konflikt zwischen Laurie und David
2. Das Treffen der „Abtrünnigen" im Redaktionsbüro
3. Die Kritik von Lauries Vater an den Vorgängen

Dreizehntes Kapitel

Laurie hat es am nächsten Nachmittag eilig, ihre Freundin Amy bei dem Football-Spiel zu treffen und mit ihr über David zu sprechen. Auf dem Weg zur Tribüne wird sie von Brad aufgehalten, der sie auffordert, den Welle-Gruß zu entrichten. Als Laurie sich weigert und Brad darauf beharrt, wird ihr klar, dass Brad selbst einem Befehl gehorcht und Angst vor den anderen Mitgliedern hat. Mit einer Warnung versucht er, sie zum Einlenken zu bringen, aber sie verlässt den Platz. Zu Hause schreibt sie dann ihren kritischen Leitartikel, worin sie die Welle, die zur Ursache für Unfreiheit und Diskriminierung geworden ist, als das Gegenteil der gemeinsamen Grundwerte der amerikanischen Gesellschaft anprangert.

Bei dem Redaktionsstreffen am Sonntag nachmittag fehlen einige aus dem Team. Carl, Alex und Laurie tragen nun alles Material über die Welle zusammen und beschließen, die Zeitung umgehend drucken zu lassen und am nächsten Tag zu verteilen.

Themen:

1. Lauries und Brads Konflikt im Football-Stadion
2. Die Atmosphäre im Stadion
3. Die Redaktionsgruppe am nächsten Tag

Vierzehntes Kapitel

Als Laurie ihre Freundin Amy am nächsten Morgen in der Bibliothek antrifft und ihr den Leitartikel zu lesen gibt, erntet sie nur Empörung und Ablehnung. Amy macht ihr Vorwürfe und fordert sie auf, den Artikel nicht zu veröffentlichen. Tief enttäuscht über die Haltung ihrer Freundin geht Laurie davon. Die Zeitung ist mittlerweile im Druck.

In Windeseile ist die Zeitung unter den Schülern verbreitet und damit auch der kritische Inhalt bekannt geworden. Dieser hat schon viele heftige Reaktionen ausgelöst. Es ist die Rede von weiteren schlimmen Vorfällen, von Elternprotesten und Befragungen von Schülern. Ben Ross ist tief verunsichert durch die Artikel, in denen er zum ersten Mal von aggressiven Attacken durch Welle-Mitglieder erfährt. Auch die Niederlage des Football-Teams deprimiert ihn. Er bekommt ein Gespräch zwischen Kollegen mit, die ihn kritisieren und von der Welle als Gehirnwäsche sprechen. Plötzlich fragt er sich, ob er nicht zum Diktator in seinem Experiment geworden ist.

Die Welle-Mitglieder sind schockiert über Lauries Kritik. David versucht, Lauries Position zu verharmlosen, aber Eric, Brian und vor allem Robert nötigen ihn, Laurie zu überzeugen, dass sie ihren Widerstand gegen die Welle aufgeben müsse. David protestiert gegen die indirekten Drohungen, die sich gegen Laurie richten, er beugt sich aber dem Druck der Freunde.

Themen:

1. Der Konflikt zwischen Laurie und Amy
2. Die Wirkung der Schülerzeitung auf die Schulöffentlichkeit und auf Ben Ross
3. Die Reaktion der Welle-Mitglieder

Fünfzehntes Kapitel

Am Nachmittag findet Christy ihren Mann wieder bei der Lektüre von Büchern über die Nazizeit. Sie macht ihm heftige Vorhaltungen, weil er den Aufruhr an der Schule nicht ernst nimmt. Sie berichtet ihm, dass der Direktor ihn dringend sprechen wolle. Ben verteidigt sein Festhalten an der Welle damit, dass seine Schüler ihm vertrauen und dass er sie nicht enttäuschen dürfe.

Laurie hat nach dem Unterricht mit dem Redaktionsteam den großen Erfolg der Schülerzeitung gefeiert und will nun nach Hause gehen. Die Schule ist still und menschenleer. Laurie fühlt sich immer unbehaglicher allein in dem dunklen Gebäude und schreckt bei jedem Geräusch zusammen. Sie liest erschrocken das rot geschriebene Wort „Feindin" auf ihrer Schranktür. Sie hat plötzlich das sichere Gefühl, verfolgt zu werden. In panischer Angst rennt sie durch den Notausgang aus der Schule.

David und Brian warten derweil im Auto am Straßenrand auf Laurie. David ist unsicher und nervös. Als er Laurie vorbeigehen sieht, steigt er aus, geht ihr schnell nach und spricht sie an. Vergeblich versucht er, Laurie umzustimmen. Verletzt und bitter wehrt sie seine Argumente ab und schreit ihm schließlich ins Gesicht, dass sie die Welle und alle darin hasse. David stößt sie voller Zorn zu Boden. In dem Moment, als er sie inmitten ihrer verstreuten Bücher daliegen sieht, wird ihm plötzlich klar, auf welchem Irrweg er sich befindet. Voller Reue nimmt er sie in die Arme und bittet sie um Verzeihung.

Spät am Abend wendet sich Christy nochmals an ihren Mann und versucht, ihm begreiflich zu machen, in welche Gefahr er nicht nur sich, sondern auch sie und schließlich die Schüler durch sein Festhalten an dem Experiment bringe. Ihre Argumente, dass der Direktor sicher auf ein sofortiges Ende dringen und ihm nie wieder eine Klasse überlassen werde, leuchten ihm ein. Ihm ist klar, dass alles von ihm abhängt und dass er die Verantwortung für die Beendigung des Experiments trägt. Nun arbeitet er intensiv an einer Idee für ein gutes Ende.

Da erscheinen spät am Abend David und Laurie, von Christy hereingeführt. Sie bitten ihren Lehrer dringend, ihnen zu helfen und die Welle zu beenden, weil sie schon so viel Schaden angerichtet habe. Die Argumente der beiden unterstützen ihn in seinem Plan, und er sagt ihnen zu, alle Schüler am nächsten Tag über die Welle aufzuklären. Zögernd willigen sie ein, als er sie um Vertrauen bittet und sie auffordert, wie gewöhnlich in seinen Unterricht zu kommen. Sie nennen ihm zwei Schüler, die keine Mitglieder der Welle sind, die in seinem Plan eine Rolle spielen werden, nämlich Carl und Alex.

Themen:

1. Der Konflikt zwischen Ben Ross und seiner Frau
2. Lauries Erfahrung mit der Angst
3. Der Kampf zwischen Laurie und David
4. Die Forderungen an Ben Ross zur Beendigung der Welle

Sechzehntes Kapitel

Am nächsten Morgen steht Ben Ross dem Direktor gegenüber, der ihn heftig kritisiert und ihm einige schwerwiegende Zwischenfälle vorhält. Ben reagiert selbstkritisch und gibt zu, das Experiment zu weit getrieben und die Schüler missbraucht zu haben. Er bittet ihn aber, ihm die Möglichkeit zu geben, noch am selben Tag alles so zu beenden, dass es eine wichtige Lektion für die 200 Welle-Mitglieder sein könne. Der Direktor willigt zögernd ein, stellt ihm aber gleichzeitig ein Ultimatum.

Im Geschichtsunterricht fordert Ben Ross seine Schüler auf, nach der Schule zu einer Welle-Versammlung zu kommen, die für die Zukunft des Landes sehr wichtig sei. Er erläutert, dass die kritische Lage des Landes dazu geführt habe, dass es überall Jugendbrigaden der Welle gebe, die gerüstet seien, durch die Gründung einer Jugendbewegung nach den Prinzipien der Welle das Land vor dem Untergang zu bewahren. Der Führer der Bewegung werde zu ihnen sprechen. David und Laurie sind entsetzt über diesen scheinbaren Verrat und versuchen, sich in der Klasse Gehör zu verschaffen, um vor Ben Ross und der Welle zu warnen. Anstatt auf sie einzugehen, führt Ben Ross beide ab zum Direktor und übergibt die Klasse der Aufsicht von Robert. Aber auch der Direktor ist für die Warnungen der beiden unzugänglich. Sie sind völlig ratlos und verzweifelt.

Als sie am Nachmittag noch einmal die Lage betrachten, wird ihnen ihre Isolierung deutlich, und sie fühlen sich ohnmächtig angesichts der fanatischen Mehrheit, die die Wahrheit nicht hören will. Laurie erinnert David an den Tag, als sie das Verhalten der Deutschen diskutierten und als er meinte, das könne sich nicht wiederholen.

Laurie ist plötzlich entschlossen, den sogenannten Führer zu sehen und Zeugin der Vorgänge zu werden. Sie überredet David, mit ihr zu der Versammlung zu gehen.

Themen:

1. Die Kritik und Forderung des Direktors
2. Die Erklärungen und die Einsicht des Lehrers
3. Die Strategie von Ben Ross und seine Botschaft an die Welle-Mitglieder
4. Die Situation von Laurie und David

Siebzehntes Kapitel

In wenigen Stunden ist ein gut organisiertes Treffen der Welle-Mitglieder mit massiver Propaganda und strikter Zulassungskontrolle vorbereitet. Robert und seine Helfer bewachen und befehligen die Versammlung.

In dem gefüllten Saal, in dem die Jugendlichen laut und ungeduldig das Motto der Welle skandieren, spricht schließlich Ben Ross. Er kündigt ihnen den Führer an und lässt die Bildschirme einschalten. Lange bleiben diese leer. Der Protest eines Jungen, dass es gar keinen Führer gebe, wird sofort unterdrückt, indem er hinausgeschafft wird. Die Erwartung der Jugendlichen steigert sich von Moment zu Moment.

Schließlich gibt Ben Ross deutlich das Stichwort „Doch, ihr habt einen Führer!“. In dem Moment öffnet Carl den Vorhang und schaltet Alex den Projektor ein. Die Zuschauer blicken auf eine große Leinwand, auf der plötzlich das riesige Bild Adolf Hitlers erscheint. Die Jugendlichen erstarren und glauben, ihren Augen nicht zu trauen.

Ben Ross hält ihnen nun vor, wie schnell sie sich in den wenigen Tagen zu Anhängern eines Führers gewandelt haben. Dann zeigt er ihnen, was das hätte bedeuten können: Auf der Leinwand sind junge Nazis zu sehen, die für Hitler in den Krieg zogen.

Ben Ross macht ihnen klar, dass sie sich in der Situation jener Jugendlichen kaum anders verhalten hätten, dass Gewaltbereitschaft und Intoleranz unter ihnen schon jetzt um sich gegriffen haben.

Er ermahnt sie eindringlich, aus der gemeinsamen Erfahrung zu lernen, dass der Faschismus in jedem möglich sei, wenn man sich unterwerfe und keine Verantwortung für das eigene Handeln übernehme.

Dann entschuldigt er sich bei den Schülern für dieses Experiment, das auch ihm selbst eine schmerzliche Lektion bereitet habe und das sie miteinander verarbeiten müssen.

Die Schüler reagieren ungläubig und erschüttert, unfähig zu begreifen, was mit ihnen geschehen ist. David versucht, seinen Freunden über den Schock hinwegzuhelfen. Auch Laurie versteht ihre Freundin Amy, als diese sie weinend umarmt. Laurie und David danken Ben Ross. Dieser weiß, dass der wirkliche Verlierer des Abends Robert ist, den Ben in seiner Verstörung nun tröstet, beruhigt und zu einem klärenden Gespräch ermuntert.

Themen:

1. Die Organisation des Treffens
2. Das Verhalten der Mitglieder
3. Die Strategie und Botschaft von Ben Ross
4. Seine Erklärung und Selbstkritik
5. Die Reaktion der Jugendlichen

5. STIMMEN DER KRITIK

5.1 Die Aktualität der „Welle“

Der große Bekanntheitsgrad des Jugendbuches „Die Welle“ in Deutschland[97], seine Beliebtheit schon bei sehr jungen Leserinnen und Lesern, die schnelle Etablierung des Textes als eines Lektüre-Klassikers in der Sekundarstufe I usw. weisen auf eine seltene Übereinstimmung zwischen dem Leseinteresse der Kinder und Jugendlichen und den erzieherischen Zielsetzungen der Schulen und meistens auch der Familien hin. Diese Übereinstimmung findet sich auch in den Antworten der Kinder und Jugendlichen auf die Befragung wieder. Der Text löst Fragen, Widerspruch und Diskussionen aus. Er bildet Grundmuster des Verhaltens ab, die in der Welt der Jugendlichen vorkommen und ihnen Angst machen.

Damit erscheint der Roman den jungen Lesern und Leserinnen aktuell und herausfordernd. Sie erkennen, dass dieses Experiment ein historisches Phänomen erklären soll, aber sie auch direkt angeht.

„Das Jugendbuch ‚Die Welle‘ von Morton Rhue verursacht heftige Diskussionen im Familien- und Freundeskreis. Es fordert in der Schule selbst die Schweigsamsten zur Stellungnahme heraus. Während Literatur über den Nationalsozialismus manchmal auf Ablehnung stößt, weil die Schüler dieses Thema für ‚erledigt‘ halten, ja, seiner überdrüssig sind, trägt das Buch ‚Die Welle‘ dazu bei, daß sie das Thema Faschismus ergründen wollen. Sie fühlen sich als Leser betroffen, verunsichert. Was ist der Grund dafür? ... Der Zusammenhang von angemaßter Sicherheit und augenfälliger Verführbarkeit ist es, der dieses Buch als aktuellen Unterrichtsgegenstand auszeichnet.“[98]

---

97 Es wurde schon 1984 ausgezeichnet mit dem „Preis der Leseratten“ (ZDF-Redaktion Schüler-Express).

98 Barbara Schubert-Felmy, „Das Jugendbuch Die Welle von Morton Rhue im Unterricht“, in: Diskussion Deutsch (Nr.20 1989) S.503.

Auch Heide Fromm berichtet über die intensiven Diskussionen während der Planung einer Inszenierung der Handlung:

„Es gibt nicht nur **eine** Welle, es gibt viele. Fanatismus, Intoleranz und Gewalt erleben wir bei Sekten, ... beim Neonazismus, bei, bei, bei ... auch können wir nicht sagen: Aber **wir** doch nicht! ... Wir wollten das Problem des Schlusses zur Diskussion stellen. Im Buch erklärt Mr Ross den Schülern das Experiment; sie sind betroffen, Robert weint. Ein fast harmonisches Ende ...

Für die Gruppe war die Diskussion ein Erlebnis: „echt gut". Sie bekam eine Fülle weiterer Argumente dafür, wie „Wellen" entstehen. Sie merkte, wie wichtig es ist, daß wir dieses Stück spielen ... Die Spielerinnen und Spieler diskutierten ernsthaft, kritisch und überzeugend. Und sie gaben zu, daß sie erschrocken waren, wie einfach der Welle-Mechanismus sie beim Spielen ergriffen hat."[99]

5.2 Fragebogen zum Buch „Die Welle" von Morton Rhue

Alter:

Mädchen/Junge?

Bitte beantwortet die Fragen so ausführlich wie möglich.

1. Hast du das Buch in einem Zug gelesen? Wenn nicht, wie lange brauchtest du für die Lektüre?
2. Findest du, dass Inhalt und Stil Deinem Alter angemessen waren, oder ist es zu einfach?
3. Findest du die Geschichte einfach oder kompliziert, realistisch, spannend, bewegend oder unglaubwürdig und zu entfernt?

(Zutreffendes bitte unterstreichen und evtl. noch etwas hinzufügen)

---

99 Heide Fromm, „Wir machen ein politisches Theaterstück frei nach Morton Rhue Die Welle", in: Diskussion Deutsch (Nr.20 1989) S.521f.

4. Welche Personen haben dir gefallen? Warum? Welche findest du unsympathisch? Warum?
5. Wie findest du Ben Ross, den Geschichtslehrer? War er ein guter und engagierter Lehrer?
6. Was meinst du, welche Reaktion hätte er mit seinem Experiment in deiner Klasse ausgelöst?
7. Welches waren eure häufigsten Kommentare, wenn ihr miteinander über das Buch gesprochen habt?
8. Mit welchen Fragen hast du das Buch hinter dir gelassen?
9. Hast du deinen Eltern von dem Buch erzählt? Wie war ihre Reaktion?
10. Würdest du das Buch anderen zum Lesen empfehlen? Warum ? Warum nicht?
11. Welche Methode müsste man deiner Meinung nach wählen, um Jugendlichen die Gefahr totalitären Denkens zu zeigen?
12. Hat der Film den Eindruck des Buches verstärkt oder eher gemindert?
13. Welche anderen Bücher dieser Art hast du schon gelesen?
14. Hast du von dem Film „Schindlers Liste“ gehört?
    Hältst du solche Filme für notwendig ? Warum? Warum nicht?

5.3 Auswertung der Befragung

Befragt wurden die 40 Schülerinnen und Schüler von zwei 10. Klassen des Gymnasiums, die den Roman vor einigen Monaten gelesen hatten, und 22 Schülerinnen und Schüler einer 7. Klasse kurz nach Beendigung der Lektüre.

Die nahezu einstimmige Meinung der Jugendlichen in der 7. und in den beiden 10. Klassen ist, dass Bücher wie „Die Welle“ gut und notwendig seien, weil sie den Lesern eindringlich die Wirkung von Drill und

Manipulation vor Augen führen und das Mitläufertum der Menschen in der Nazi-Zeit knapp und anschaulich erklären.

Die Äußerungen der jüngeren Schülerinnen und Schüler über „Die Welle" unterscheiden sich im Tenor und in der Ernsthaftigkeit überhaupt nicht von denen der älteren. Vor allem die Mädchen der drei Klassen zeigen sich von der nachdenkenswerten und realitätsnahen Handlung beeindruckt. Die jüngeren Schülerinnen betonen, dass sie das Buch verstanden haben und ihrem Alter sehr angemessen finden. Sie benutzen für die Bewertung der Geschichte überwiegend die Ausdrücke „spannend", „bewegend", „realistisch". Alle Kinder der 7. Klasse würden es zum Lesen weiter empfehlen, weil sie es für ein sehr gutes Jugendbuch halten.

„Ich würde es auf jeden Fall anderen empfehlen; das habe ich auch schon getan. Ich finde, dass es sehr interessant geschrieben ist, und auch gut dargestellt ist, wie der Lehrer eine Sache nach der anderen durchführt."

„Viele, denen ich erzählt habe: Ich lese **das** Buch! waren ganz happy und meinten: Oh, cool, hab ich auch gelesen, darüber kann ich dir was erzählen."

„Ja, es sollte jeder lesen, dann weiß man Bescheid. Dann kann einem selber das (hoffentlich) nicht passieren." „Ja, weil es nachdenklich macht und man so eigentlich auch die Lektion mitmacht, die der Lehrer damit bewirken will."

Fast alle Schülerinnen der 7. Klasse haben ihren Eltern von dem Buch erzählt. Viele berichten, dass die Eltern es ebenfalls gelesen haben oder es nun lesen wollen und die Behandlung des Themas begrüßen. Viele Kinder kennen andere (Jugend-) Bücher über die Nazi-Zeit, z.B. Damals war es Friedrich, Das Tagebuch der Anne Frank, Z wie Zacharias, Als Hitler das rosa Kaninchen stahl etc.

Das Experiment selbst wird von diesen Kindern nicht kritisiert, weil sie gerade die emotionalen und spannenden Elemente schätzen. Von den älteren Jugendlichen wird zum Ausdruck gebracht, dass sie die Gefahr eines solchen Experimentes sehen, aber dass eine wirkungsvolle

Aufklärung über totalitäres Verhalten nicht nur sachliche Information, sondern auch Emotionen wie Schrecken, Mitleid und Erschütterung benutzen sollte. Sie finden es wichtig, dass man sieht, „wie es damals wirklich war".

Einerseits meinen sie, dass Filme, vor allem authentisches Bildmaterial, dafür besonders geeignet seien, im Fall der „Welle" urteilen sie jedoch, dass der Film die Wirkung des Buches eher gemindert habe. An dem Film bemängeln viele, dass er unglaubwürdig, schlecht gemacht und außerdem zu kurz sei.

Auf die Frage, welche Methode man wählen sollte, um Jugendlichen die Gefahr totalitären Denkens zu zeigen, wird u.a. wie folgt geantwortet:

„Man sollte ihnen beibringen, eine eigene Meinung zu haben und sich nicht durch Vorurteile beeinflussen zu lassen." „Jugendliche ausreichend informieren und auch zugeben, was in den KZ's geschehen ist." „Durch Filme im Unterricht, die diese Gefahr darstellen." „Ein Konzentrationslager besuchen".

Manche meinen, eine Schocktherapie sei am wirkungsvollsten, eventuell auch als Experiment, das nur nicht so weit wie im Buch gehen sollte. Andere lehnen diesen Weg rundweg ab. Weitere meinen, es werde immer Menschen geben, die andere für ihre Zwecke auszunutzen versuchen. Daher gebe es kein Patentrezept.

Interessant ist die Tatsache, dass fast alle Jugendlichen von der Person Laurie sehr beeindruckt sind, weil sie vieles voraussieht, weil sie sich für andere einsetzt und aktiv gegen die Bewegung angeht. Damit wird sie von fast allen als Vorbild angesehen, weil sie die Entwicklung zum Widerstand und die Konsequenzen einer solchen Haltung glaubwürdig darstellt. Das ist den Schülern und Schülerinnen besonders wichtig, weil sie sich ihrer eigenen Haltung in einer solchen Situation gar nicht immer sicher sind.

Ben Ross erscheint den allermeisten überwiegend positiv als mutiger, engagierter Lehrer, der sich um alle Schüler, vor allem auch um die schwachen Schüler, kümmert. Meistens wird argumentiert, dass sein

Engagement außergewöhnlich groß und damit auch risikoreich war. Vereinzelte Stimmen werfen ihm allerdings Missbrauch der Schüler und des Unterrichts vor. Manche nennen ihn leichtsinnig, weil er die Kontrolle über das Experiment verlor und die Konsequenzen nicht voraussah.

Im Vergleich ist Laurie die moralische Siegerin. Ben Ross dagegen erleidet einen moralischen Misserfolg, der implizit von vielen bedauert wird.

Während die 12-13 - jährigen Robert eher ablehnen, weil er von einem Verweigerer zu einem Machtmenschen wird („Kotzbrocken"), und auch Brians Gewaltbereitschaft kritisieren, gibt es unter einigen älteren Jungen eine gewisse Sympathie für Robert. Seine Entwicklung vom Außenseiter zu einem aktiven Mitglied der Gruppe bewerten sie eher positiv als die Chance, die auch ein Verlierer bekommen kann. Hier fand eine teilweise Identifizierung mit dem Negativbild statt. Mehrfach wird gefragt, wie es ihm wohl weiterhin ergangen ist. Überhaupt würden viele gerne wissen, wie sich die Situation an der Schule weiterentwickelt hat.

Die Frage nach der wahrscheinlichen Reaktion der eigenen Klasse auf ein solches Experiment wird von der überwiegenden Mehrheit mit recht unterschiedlichen Begründungen dahingehend beantwortet, dass es keinen Erfolg gehabt hätte. In einer 10. Klasse, in der Schulmüdigkeit und ein schlechtes Klassenklima registriert werden, wünschen sich einige Jungen, so etwas wie dieses Experiment zu erleben. Die Mädchen meinen hingegen, dass die Jungen schon das Motto „Macht durch Disziplin" abgelehnt hätten. In allen befragten Klassen sind die meisten Schülerinnen und Schüler überzeugt, dass ein solcher Versuch keine Chance gehabt hätte: a) weil sie zu jung seien b) weil sie zu albern und unruhig seien c) weil sie es früher durchschaut hätten d) weil sie früher opponiert hätten etc. In den drei Klassen sind sich die meisten sicher, dass sie auf eine so einfache „Masche" nicht hereingefallen wären. Sie sind erstaunt, dass die Entwicklung im Buch so dramatisch verlaufen konnte. Die Meinungen bei Gesprächen über die

Geschichte waren fast ausnahmslos verständnislos gegenüber dem Verhalten der amerikanischen Jugendlichen, die das Unterrichtsexperiment so schnell zu ihrer eigenen Sache machten:

„Unsere häufigste Meinung war, dass die Welle mehr eine Sekte war, als eine Jugendgruppe. Hätte Ben Ross es nicht so beendet, hätte es ihnen nur geschadet." „... dass es eine große, wirksame Bewegung war, die dann aus den Fugen geriet", „... dass sie sich nicht davon mitreißen lassen würden" etc.

Für die Schülerinnen der 10. Klassen bedeutete die realistische Parabel mit dem Bezug zur Nazi-Zeit die entscheidende Lesemotivation, so dass viele den Roman in wenigen Stunden gelesen hatten. Wenn auch Sympathie für Charaktere wie Laurie, David, Amy und Robert ausgedrückt wird, so kritisieren doch viele dieser Leserinnen, dass die Personen zu unprofiliert seien. Einige wenige Schüler bemängeln recht drastisch die literarische Banalität des Textes.

Abschließend kann festgestellt werden, dass der Roman „Die Welle" bei den jüngeren Schülerinnen viel Interesse und Zustimmung erlebt hat wegen der „realistischen Geschichte", „der spannenden Erzählweise" und der Möglichkeit, sich mit einzelnen Personen „zu identifizieren".

In den beiden 10. Klassen dagegen gingen die Diskussionen im Unterricht und außerhalb des Unterrichts mehr um die historischen Bezüge zur Nazi-Zeit und um die Fragen, wie Menschen sich in kritischen Situationen verhalten.

6. ENGLISCHSPRACHIGE ANALYSE UND DARSTELLUNG

6.1 Introduction

At the end of the sixties, the decade that was first and foremost the decade of the young, in numbers, in inspiration, in political impact and in their spontaneous expression of hope, of protest and frustration, a peaceful High School in Palo Alto, California also had its moment of shock, irritation and awareness. It was not protest or rebellion against the war in Vietnam, it was not about Black Power, Red Power or Women's Rights, which had left indelible marks on American public life and had sent shockwaves not only through the nation, but to other nations, as well.

Those high school students, born in the early fifties, who had been brought up in the relative comfort and security of provincial life, were shown a documentary about a horror that had happened only 25 years earlier on the European continent: The death camps of the Second World War, the Holocaust as the ultimate expression of the evils of Nazism.

The students did not have to and could not consider and judge the dimensions of those twelve years: The rise and fall of Nazism that had cost the lives of more than 50 million people, that had destroyed whole parts of Europe, that had practically annihilated the Jewish populations, one of the most adaptable, creative and resilient peoples of Europe, the evils of totalitarianism and its consequences for the world and the way we have been looking at human behaviour since.

There were more general questions that obviously troubled the young people, because through the film they felt confronted with the victims of terror triumphant: Where were the "normal" people? - How could they see and not interfere? What about people's responsibility? What about people's memory ? What about justice ?

It was this troubling aspect of human behaviour that the teacher Ron Jones wanted to probe into, feeling that he had not convinced neither himself nor the pupils. He found and applied an old American teaching principle: "learning by doing". He invented the Wave and he introduced it to his students as an experiment, as a new method to improve study results and group behaviour.[100] It did not last much longer than a week, until he had to break it off and to deal with the results. His students had turned into a cohort of fanatically determined followers of the doctrine of power.

They had undergone an initiation that nobody had imagined and desired, the initiation into the basic structures of dictatorship.[101]

6.2 Elements of the novel

6.2.1 The plot

The novel tells the story of a school experiment in an American high school in 1969. A history teacher, Ben Ross, made his upper grade pupils undergo it for the sake of awareness and better understanding of the rise of totalitarianism. He wanted to make them feel and understand how people in Nazi Germany could become so incredibly fanatic and destructive followers of their leader and so unbelievably indifferent to the persecution of their Jewish countrymen and of other defamed minorities and later deny all knowledge.

100 Note that Erich Fromm, in: The Sane Society (Routledge paperback, London 1968), pp. 343ff., criticizes the over-adaptedness of high school education to the needs of the society. He wants "education" in its literal and most fundamental sense of "educere=to bring out", that which is within man. Even if man has knowledge...he is not and cannot be satisfied. Man, in order to feel at home in the world, must grasp it not only with his head, but with all his sense, his eyes, his ears, with all his body." (p.346f.) Ben Ross brings out the darker side in the students , which also has to be acknowledged and integrated to live fully.

101 cf. 8.3 Aspects of the Third Reich

The teacher slips into the role of a dictatorial authority, whose every thought and gesture bears a particular meaning for the new movement. Instilling the young people with a sense of group importance, of discipline and communal spirit he arouses unexpected enthusiasm and a willingness to go along with the mottos that he propels: “Strength through discipline, strength through community and strength through action.” Many young people are eager to recruit new members, to spread the propaganda of the movement and to show their efficiency in many details of organization. It soon becomes clear that those who obey may feel part of something big and apparently successful, but those who refuse to join or openly criticize what is going on are threatened, harassed and punished as outcasts. This is what happens to the key figure, Laurie Saunders, a particularly bright and ambitious student who has done a lot of work for her fellow students. Emotionally and intellectually she feels disturbed by the slogans of the movement from the very beginning. She first tries to go along with the majority for the sake of comradeship. When she realizes how unjust and dangerous the Wave movement is becoming, she develops into its convinced and outspoken opponent.

The inventor of the experiment, Ben Ross, disregards warning remarks from his wife Christy who observes his growing absorption by the movement and his bewilderment and fascination. She feels that he is getting lost in something that he can no longer control. Ben Ross is aware of growing irritation of colleagues and parents and he tries to cope with it. He wants the experiment to be successful in the sense of it teaching the students a lesson about themselves.

On the other hand he feels that the Wave has a contagious effect not only on the young but on himself, too. He is considered as their leader and he likes it. Parents' protests and pressure from outside as well as his own growing doubts finally force him to stop the experiment, as his whole career is at stake. He is shocked to learn that the impressive progress in his students' study commitment and discipline is also showing a nasty side: Arrogance, bullying and group pressure. He knows that he is responsible for the outcome of the experiment that has changed the school within a few days.

To make his students understand the parallels he invents a dramatic finale that leaves the true believers of the Wave movement shocked and ashamed: To show them how they have changed into radical and even militant followers of the Wave he announces a rally that will be an occasion for the leader of the national movement to speak to its members.

To the mass impatiently waiting for the speaker a face is projected on a big screen: The face of Hitler with German youths promising loyalty until death to him.

Ben Ross feels deep sympathy with his students at this moment of awareness. He apologizes to them for the painful experience. He knows that he will have to help them understand what happened to them and to himself.

6.2.2 Acting time and reading time

The novel is composed of seventeen chapters in chronological order.

The time structure reflects the concentration and the model character of the plot:

The **acting time** comprises merely nine days:

Day one / Monday : Chapters I-IV

Day two / Tuesday : Chapter V

Day three / Wednesday: Chapters VI-VII

Day four / Thursday : Chapters VIII-X

Day five / Friday : Chapters XI-XII

Day six / Saturday +

Day seven / Sunday : Chapter XIII

Day eight / Monday : Chapters XIV-XV

Day nine / Tuesday : Chapters XVI-XVII

The Wave events happen within a week, starting on Tuesday and ending on Tuesday a week later. The very restricted time of the plot in the narrative corresponds to only a few hours of **reading time**.

6.2.3 The points of view

The "omnicient narrator" relates the events in chronological order. The panoramic view forms the exposition. "Substitutionary speech" becomes an important means of following the main characters' thoughts and considerations. Thus the point of view frequently changes to a personal and restricted perspective. The contrasting attitudes of Ben Ross and Laurie are mainly evoked in their monologue-like "substitutionary speech". Both try to work out the adequate approach to their problems, and they characteristically do so more or less alone.

Direct speech reflects the tone and the quality of the relationships: Christy addresses her husband in a slightly ironical but interested and concerned tone. Mrs Saunders tends to worry, to get involved and to argue emphatically. The boys Carl and Alex have a flippant, carefree speech that amuses them and others. Laurie is not a quick talker; she carefully considers problems before giving her opinion. Ben Ross thinks and analyzes before addressing others. Laurie and Ben Ross resemble each other in this respect.

6.2.4 The social setting

The plot is developed as a scenario of change in a socially and emotionally rather stable group at a high school[102] The constellation shows the following factors at the outset:

a) A liberal school environment in a probably middle-class area.

b) A trusted and creative teacher who has the ambition to fully understand what he is teaching and to make his pupils understand complex and also disturbing historical facts.

c) Slightly bored and relatively carefree students whose lives have been without worries and serious challenges.

They are confronted with another set of expectations and a challenge that is based on a few simple elements. All the elements are interconnected and form an emotional basis. To invent, start and develop the experiment it takes a constellation of factors that form, establish and reinforce it. Ben Ross shapes and applies the strategy and the ingredients after studying Nazi history. He represents **the leader:** The trusted and respected teacher turns into an authority proclaiming the new strategy of order and response, of complete obedience and uncritical followership. **The students** become **the subjects:** Ben Ross' history class that believe and trust him are turned into fervent followers of a new doctrine and a new strategy.

---

102 88 per cent of all Am. children go to public elementary schools and to the high schools in their neighbourhoods for their secondary education. After 3 years of junior h.s. follow 3 years of senior h.s. More than half of all graduates go on to college or university. But the rate of drop-outs is high,too, though high school offers a wide range of courses. Historically the Am. high school has been one of the most important instruments in the process of integrating immigrants into the nation, of melting the different strata of society, of adjusting the young people to their environment. The curriculum is generally determined by three objectives: to provide a general education , to provide elective courses for those who take up a job after graduation, to provide programmes for those who continue their studies in colleges. Great emphasis is placed on student government and student activities.

6.2.5 The method

Ben Ross applies a progressive method to influence the young[103]:

a) The elements of surprise, suspense and progressive learning in a group appeal to the students' curiosity.

b) The elements of a game with clear rules (the experiment is often called a game by Ben in its first phase) appeal to their fun to escape into another set of rules and to change habitual roles.

c) The elements of a distinct group behaviour appeal to their need to belong and to identify with a group that gives protection and reassurance.

d) The elements of the successful spreading of a message and of a behaviour that differ from the well-known norms reinforce the belief in their correctness and value. This again strengthens the individual's self-worth as a group member.

e) The promise of strength and the immediately successful change appeal to the students' basic conditioning that in life you should try to be on the winning side and to avoid being losers.

f) The elements of the language, words like "strength through..." appeal to the need for positive motivation and give the apparently unpalatable word "discipline" an attractive and even glamorous sheen. In this context order and obedience are willingly accepted and defended.

g) The positive resonance in the group and in the individual is reinforced by their own explicitly enthusiastic comments.

When the terms "power" and "success" are proclaimed as the aim of discipline, they have a strong and immediate appeal, because they are in line with generally accepted aims.

---

103 cf. the report of an experiment with younger school-children about discrimination: "The eye of the storm", in: English G 5 (Cornelsen & Oxford University Press 1978), summary in 8.1.

6.2.6 The rules

The rules consist of orders and promises and demand strict obedience.

a) Belief in the movement, ambition for and in the movement.

b) The mottos: “Strength through discipline”, “Strength through community”, “Strength through action”

c) The use of symbols: The “Wave” salute, the “Wave” symbol, cards, banners etc. attract attention and publicity. They distinguish the members from others and interconnect them.

d) Military-like drill: The expression of strict discipline, uniformity, power.

e) Propaganda is the most efficient tool to keep members in line and attract new ones.

f) The overturn of social structure: The former relationships and roles are reversed. A new hierarchy is formed; loyalty to the movement is rewarded, criticism is punished.

g) Recruitment: The members are supposed to spread the doctrine and win new followers. They become propagandists.

The consequences of the strategy are visible for people like Laurie:

There are symptoms of: discrimination / drill / loss of intellectual freedom / betrayal and destruction of individual relationships / arrogance / oppression / opportunism / a personality cult

6.3 The drama and the message

It is a **dramatic** and **didactic** novel. The novel contains drama on three levels:

1. The contents of the film:
The film about the persecution and killing of the European Jews and other human beings in the "Holocaust" is shown to the students. They see the terrible end of a time of horror: The skeleton-like victims of Nazi terror in the death camps. The time is the end of the Second World War.

2. The drama that Ben Ross creates and directs until it becomes nearly uncontrollable. This drama shows the stages of exposition (ch.1-3), rising action (ch.4-10), climax (ch.11), falling action (ch.12-16) denouement (ch.17)

The "director" finally has to use another strong element of drama, **shock and fear**, in order to wake the students up and make them realize what they have done and become.

The novel is didactic on three levels:

1. The situation at school and the aim of the history teacher is basically didactic.It is about how to teach effectively what seems extremely far away from the students' normal experience.

2. It is didactic in what the teacher and his pupils understand about the effect of propaganda.

3. It is didactic in what it teaches the reader about subjecting students to an experiment.

6.4 The main characters' situation and the influence of the Wave

6.4.1 Ben Ross and Christy Ross:

He is explicitly characterized as a young teacher gifted with enthusiasm and energy to teach history in a way that is both creative and efficient. He is respected and enjoys the trust and respect of his pupils. This is the main reason why his change in teaching method and his mottos are not really questioned by anyone except by Laurie.

Ben Ross cares for his pupils' intellectual progress and has a good awareness of their strengths and weaknesses. It is his commitment to the students and to the topic that make him invent the experiment which he only intended for one or two periods. The immediate success of the mottos and of the new teaching method fascinates and challenges him to carry on. The Wave, his own invention, becomes "contagious" for himself, too.

Ben Ross is well integrated in his social environment; he has a clear basis from which to judge and to teach. He has a strong personality and a personal approach to new questions that test his creativeness.These positive characteristics form the basis for the experiment which changes his state of mind and his position sensibly: A teacher who has been intellectually and emotionally close to his pupils in a kind of partnership suddenly adopts the role of commanding authority who demands soldierlike discipline and obedience.

Ben is personally marked by the changes that he is creating: The distance between him and his students grows. He has to prove his qualification as a leader, but on the other hand he claims that the movement has to develop independently from him, to become like a well-oiled machine that will defeat any obstacle. This looks as if he was distancing himself from the consequences of the propaganda that he has invented. His wife observes very critically how his personal involvement in the movement makes him more and more unfeeling to the needs of the individual student.

He is aware of her criticism. He tries to prove her wrong and withdraws from her by working late hours. But his withdrawal is also an emotional change. Finally her critical loyalty helps him to consider and find a reasonable and intelligent end to the experiment. Her moral and intellectual courage becomes a decisive factor in the conflict. The parallel to Laurie and David is obvious.

Ben Ross agrees to have Robert near him as his bodyguard. Having a bodyguard as a leader is an ambivalent sign: On the one hand it shows power and superiority, on the other it is a sign of fear. Fear of the enemy, of the envious, of the opponent, of the uncontrollable mass. It also means accepting less personal contact.

His wife **Christy** is shown as a complementary character: She is very efficient in practical matters, whereas he is more bent on theory. Her judgment of and attitude to people is well-balanced, whereas Ben is more ambitious, more stubborn, more intense also in taking risks. She has a good sense of humour, and she also shows critical sarcasm when she thinks he is exaggerating. She shows her loyalty by making him aware and by warning him of the problems he is creating.

Feeling that she is right Ben feels more and more uneasy, bewildered and irritable, getting mixed up in the conflict of the role he is playing and his authentic self. Though he is no longer certain what is right or wrong, he nevertheless defends the strategy to his wife and his principal. It takes the combined pressure of the angry principal leaving him no other option but to stop the experiment and his wife's and Laurie's moral arguments to make Ben construct an original but risky end of the dilemma: A shocklike realization of everybody how near they have come to fascist behaviour. From an experiment the situation has quickly changed to a test of his authority. The end of the drama, the rally and the situation after the final revelation depend on the continuing trust of the young people in Ben's authority as their leader. He is aware that it will take a lot of explaining and of compassionate guidance to set things right again and heal the wounds of disappointment and shame.

Ben Ross himself is disappointed and ashamed of his own fascination with a powerful position and the change that it has produced in him.

He has underestimated his own role and his responsibility for the chain of reactions and the complex consequences of his method.

He has also underestimated the highly emotional impulses that have driven him and have also been aroused in the students.

At the same time he sets a good example to his students of an adult realizing that acting with good intentions does not save him from making serious mistakes. His inventiveness and creativeness as a teacher, his intellectual training and personal integrity have allowed him to make up, develop and to end the experiment before the made-up situation becomes reality and takes an uncontrollable course. It is his critical and sensitive side that prevails, when he apologizes to his students and wants to learn with and from them what happened to all of them.

6.4.2 Laurie Saunders:

Laurie is a straight-A pupil, reliable, ambitious, with a strong sense of justice, the will to get things well done, a good intuition and a need for friendship. Her commitment at the moment is to the "Grapevine", the students' school magazine, for which she feels responsible as editor-in-chief. As a student in Ben's history class who has always believed in his responsible and intelligent teaching she feels irritated by his introducing the new teaching method and by his making up the Wave doctrine. She is an intellectually trained and self-confident young person and as a student journalist she is in a position to inform and enlighten her school-mates through the "Grapevine" about the Wave.

Laurie is the antagonist to Ben as far as the experiment is concerned. Her attitude is consistent with the values he had taught them before. It is ironical, on the other hand, that he should lose his brightest pupil in the course of the experiment, and that she should be more aware of the imminent dangers than he was. Despite her former strong trust in Ben she turns into firstly an emotional and later an intellectual opponent of the Wave.

The Wave experience has changed Laurie: The easy-going, successful student has felt disappointment, discrimination, isolation and fear. She has had to fight alone against something that she did not quite understand but that she distrusted very soon.

Her personal strength and her reliable family background helped her to go through the test of the experiment without being seriously damaged. Maybe she feels disappointed but stronger at the end: She has certainly lost her naive trust in people, and she has understood that courage can be a painful and lonely path. She chose the difficult side in a scenario of complete obedience, the side of the dissident. Her saying "no" saved the experiment and the experimenter, because it revealed its hidden aggressiveness and its dishonesty and so had to be brought to an end when everybody involved could still learn from it.

6.4.3 David Collins

David's social relationships at school mainly consist in his relatively recent friendship to Laurie and his comradeship with the members of the football team. He is a good-looking, helpful and efficient boy who values the success of his football team over his invidual progress in his studies.

His loyalty to Laurie is put to a test when he realizes that she is becoming a fierce critic of the new trend which he hopes to exploit for his friends and the school's football team. David's ambition for the football team, his need to get on well with his friends and his belief in group spirit make him an easy prey to the Wave doctrine. He reacts angrily to all criticism of the mottos and prefers wishful thinking to reason and arguments. He is upset at Laurie for destroying his optimistic view of the movement and he resents her intellectual superiority. When she reveals the nasty side of the Wave, David belittles the events or explicitly justifies them. When he is asked by other Wave members to make Laurie stop her criticism, he hardly objects, but hates to have to do it. He feels that she is stronger than he is, that she is truly convinced of her position, and he understands that he cannot make her stop revealing stories about the Wave.

David's former affection and friendship for Laurie change under the influence of the Wave. He is in a loyalty conflict between Laurie's attitude and that of the majority. He thinks all the others must be right and she must be wrong. He feels aggression and irritation for her instead of love. As he cannot stop her, he starts to aggress her verbally and physically. Then there is the moment of awareness: David realizes that he is hurting her, that he is acting completely unreasonably. He understands in a split second that he is wrong and that Laurie is right. His shame and remorse are genuine. He proves it by changing sides immediately and by being a loyal friend to Laurie in the following events.

David has also changed from an easy-going student who was popular and mainly interested in the success of the football team into a more mature and self-critical person. He has understood that loyalty may be a harsh and demanding process. He has understood how easily he was influenced into acting and behaving differently from who he really was, becoming an accomplice of power. When Ben Ross gets slowly lost in his ambition for the Wave, he finds a way out because of his wife's critical loyalty. David is also saved from becoming a stupid opportunist by Laurie's insistent loyalty, by her personal strength and conscience.

6.4.4 Robert Billings

Robert is an unsuccessful student who has become used to failure, who even provokes failure by provocative laziness and lack of interest. He has become used to being made fun of, to being ignored or even avoided by fellow students ("the class nerd" etc.) . He is the younger brother of an excellent student with whom he has never been able to compete. In contrast to his well-adapted elder brother, he makes an impact with his negative attitude of indifference, sloppiness and refusal to commit himself. His emotional basis is strong **resentment** aginst his environment.

Robert's change under the influence of Ben's new authority takes everybody by surprise. Following orders, giving the salute, feeling important as a monitor who is responsible for his fellow students's correct behaviour, all these new elements give his life a new meaning. He identifies completely with the movement. David is amazed when he sees Robert exercising the salute and correct soldier-like position in front of the mirror. He sees another person than the one he knew. Robert shows pride in his role and satisfaction with himself, he becomes determined and inventive for the sake of the Wave. Robert never accepted to work according to the school principles, but he never explained why. He refused competition, probably because it hurt to realize that he was too weak to compete and win. With the sudden change in class structure, the idea of equality within the movement frees him from the pressure of his superior classmates. He may now feel equal to the others. At the same time he feels reassured by the new authority of the leader. By attaching himself to Ben Ross as his bodyguard he moves even nearer to him, thus enhancing the leader's and his own importance.

Being told what to think, how to act and for what goal to strive makes sense to him and appeals to his need of differing from his older brother. His fervent identification with the movement shows signs of fanaticism. Thus he is convinced that opposition is unacceptable and has to be punished.

Robert Billings, the former class failure and social outcast changes most drastically under the influence of the Wave. The arrogance of the Wave members as an elite group pleases and suits him. The role that Ben Ross gives him and the role that he then constructs for himself raise his self-confidence and change his looks and attitude. His former resentment is transformed into

enthusiasm for the Wave. He starts acting like a harsh commander who does not accept any opposition to the movement. The student who refused all intellectual discipline now advocates control and punishment, drill and obedience. He has no objection at all to aggressive acts against dissidents like Laurie, who has always been an excellent and strongly committed student. Under the influence of the Wave their roles seem reversed, and he enjoys it.

6.4.5 Amy Smith

She considers herself Laurie's best friend. She is introduced in the first chapter from Laurie's point of view, with Laurie wanting to attract her attention and make her laugh. Amy loves fun, friends, the reassurance of being liked. She is the nice girl-next-door who wants to get on well with everybody. She is keenly aware of what profits her aims most. She enjoys and profits from Laurie's competence and popularity, because being Laurie's friend raises her status among the students. On the other hand she implicitly or explicitly competes with Laurie for everything one can compete for, as Laurie herself often notices. She is also considered "teacher's pet".

Emotions like jealousy and envy influence the way Amy talks to and deals with Laurie. Laurie, on the other hand, not only acknowledges and respects Amy's intelligence in maths and tells David to seek her help, she also accepts Amy's attitude of not wanting to appear too clever in front of the boys.

So it comes as a shock to her when Amy turns against her, when she expresses her resentment of Laurie's successes, when she accuses her of having been a role model whose unattainable competence frustrated other students, and herself as well.

It is only at the end that Amy suddenly realizes how wrong she was in turning against Laurie. She realizes her own weakness in relying on the Wave movement to feel independent from Laurie. In

tears she runs up to her friend and hugs her, which is an emotional outburst not untypical of Amy. She certainly feels remorse and pain and she needs Laurie's help and forgiveness to get over the experience.

6.4.6 Brad, Brian and Eric

These students represent the majority of the class. Their reaction to the documentary about the death camp is their certainty that they would never accept a minority group's complete control.

They surprise Ben Ross with their willingness to follow the Wave slogans and to study harder. Like David they are convinced that their football team needs a new spirit and that they will profit from discipline, community and action.

Brad's behaviour and attitude change because he is impressed by the new motto of strength through community: He now accepts Robert instead of picking on him. When he refuses to let Laurie pass without her giving the salute he looks uneasy and afraid, because she challenges the group and he wants all of them to unite. Brian who is particularly ambitious for the school football team becomes more aggressive because he wants the team to win and the mottos to be over all accepted as the new strategy. The motto"Strength through action" seems to appeal most to him. He beats Deutsch up and he forces David to make Laurie change her mind. Eric and Brian are shaken when the Wave comes to an end.

6.4.7 Alex and Carl

These students represent the minority in the class who take a critical look at the movement and the mottos and who side with Laurie. Both belong to the school magazine team, and both share a sense of humour and wit that often irritated Laurie because they seemed neither serious nor reliable. In the course of the Wave, however, they morally and practically support Laurie. Alex cracks puns and makes fun of the Wave by calling it "The Mighty Wave" and by inventing a satirical "Ripple" as its alternative.

Especially Alex becomes important because he represents opposition through humour and wit. These are a strong weapon of the individual and a challenge to the silent majority. Alex, Carl and Laurie use the "Grapevine" as a critical organ against their class mates in the movement.

6.4.8 Mrs and Mr Saunders

They represent the group of parents in the novel. The conflict in their arguments for and against the experiment at its very beginning are characteristic of two different points of view: While Mrs Saunders immediately criticizes the new teaching method, because she believes in the freedom of the individual and feels that there may be manipulation, Mr Saunders sees chances of better learning in the new method. Both parents later agree in their disapproval of the changes at school.

Again it is a female character, Mrs Saunders, who is intuitively right when she speaks of indoctrination and of a cult system. Like Christy Ross and her daughter Laurie she uses observation, intelligence and intuition to judge the situation.

7. WORKING WITH THE TEXT: STRUCTURAL ANALYSIS OF THE CHAPTERS AND STUDY ASSIGNMENTS

Chapter one

Characters and setting:

In the morning at Gordon High, students of Ben Ross' class, the focus is first on Laurie Saunders, later on Ben Ross and at last on Robert Billings

Conflict:

Laurie feels frustrated about again being left alone with work on the students' paper the Grapevine.

Ben Ross feels incompetent handling the projector and wonders about the poor written work of some students and the lack of discipline in his class.

Key motifs:

Laurie's ambition / her frustration as editor-in-chief / Ben Ross' generally known intensity and brilliance as a teacher and his incessant search for adequate and fascinating teaching methods.

Plot:

In her free period Laurie expected to get on with the paper, but nobody has joined her. Walking back to her classroom she peers into a classroom where French is being taught, a subject she had found difficult to excel in because of the boring teaching method. Laurie distracts her friend Amy's attention by making her laugh, angering the French teacher.

In his free period Ben Ross is preparing his next history lesson, trying to thread in a film roll. He gives up, used to his own lack of technical skill and his wife's practical expertness in everyday matters. His thoughts turn to his class, their partly sloppy homework and careless approach to intellectual tasks. Robert Billings' lack of energy and interest worries him particularly.

Assignments:

1. Characterize the setting in the first chapter.
2. Describe Laurie Saunders and guess what kind of a person she may be.
3. Write Ben's thoughts and observations in the form of a presentation of himself as a teacher.
4. Characterize the class members.
5. Sum up Ben's judgment of the situation in his history class.

Chapter two

Characters and setting:

The history room, Ben Ross'class, Ben Ross, focus on Laurie and a few other students

Conflict:

The students' disbelief and questions about the background of the persecutions and the atrocities committed in Nazi Germany.

Key motifs:

Ben's emotional revulsion, his own bewilderment of how to explain the horror, his ambition to give accurate and understandable answers to questions like:

"How was it possible?" - "Why did the Germans allow this to happen?"

The affirmation of some pupils: "I would never let myself be ruled by a minority." Robert's complete lethargy and Ben's concern.

Plot:

In the history lesson Ben shows the students a documentary about a Nazi concentration camp and the victims of the terror regime. He adds information about the situation of Germany as a totalitarian state. The students are appalled and refuse to accept the statement that the Germans were not aware of the crimes against some minorities. Ben Ross finds it difficult to explain the background and the reality of Nazi Germany, particularly as he shares his students' shock and disbelief. Ben is glad to see his students react so strongly to the subject, and he feels called upon to find out more about that historic situation in order to help his students. Robert Billings' behaviour of sleeping through the film is in striking contrast to the class' interest and makes Ben try to get through to Robert. But Robert refuses to talk about himself.

Assignments:

1. Explain Ben's teaching method to inform his students about Nazi Germany.
2. Which historical elements does he stress?
3. Write down the students' questions.
4. Find out the students' reactions.
5. Explain Laurie's horror when she says: "It's sick".
6. Analyze Robert Billings' status in the class.

Chapter three

Characters and setting:

David, Laurie, Amy and other students in the school-yard; later the office of the "Grapevine".

Conflict:

Laurie's emotional and intellectual bewilderment after the film in contrast to David's preoccupation with the football team; Laurie's feeling annoyed by David and later by Amy's competitive attitude.

Key motifs:

Hidden feelings of competition and rivalry; Robert's status as an outsider.

Plot:

While David and Laurie are having lunch she still feels unhappy about the film and can hardly eat. David and his friends are worried about the oncoming football match against Clarkstown because of the lack of discipline and team spirit. Robert is being avoided by boys and girls alike. The girls' talk in the office touches upon Laurie's relationship to David and her ideas about the future. Laurie again feels deserted working for the "Grapevine" when Alex and Carl turn up making fun of the girls only to disappear some minutes later.

Assignments:

1. Characterize the relationship of the students and the atmosphere in the courtyard.
2. Collect the different comments on that day's history class.
3. Explain the boys' main concern about the football team.
4. Characterize the relationship of Laurie and Amy and guess about hidden tensions in their relationship.

Chapter four

Characters and setting:

Ben Ross and his wife Christy at home on the same day.

Conflict:

Ben's feeling driven to teach his students competently and reliably when the subject itself is as difficult to grasp and explain as the Nazi era.

Key motifs:

Christy's matter-of-factness and clear mind; Ben's absorption and brooding over the topic.

Plot:

In order to answer the pupils' questions Ben spends hours reading about the topic and he becomes so absorbed by the matter that he hardly notices his wife coming home and talking to him. Her joking remark about him studying dictatorship seems to strike a note in him.

Assignments:

1. How does Ben's plan come about and what is his intention at first ?
2. How does Christy behave towards her husband?
3. Describe some features of Ben's personality.

Chapter five

Characters and setting:

The students of Ben's class in his history lesson on the following day; Ben and Christie at home

Conflict:

The impact of and reactions to Ben's new teaching method; Christy's doubts and David's surprise at the change in Robert's attitude

Keys motifs:

The leitmotif: "Strength through discipline"; command and obedience; new, energy and commitment.

Plot:

Ben starts the lesson with the statement that power and high performance are based on discipline, on the right attitude and on self-control. His class has to sit upright, to jump to attention and to address the teacher when answering questions. The teacher and the students get more and more involved in the new method of fast response and military-like posture. Ben feels good about the beginning of his experiment and works on the next phase, whereas his wife hopes he will not go on.

Assignments:

1. What does Ben teach the students about discipline?
2. Which new elements does he introduce to make the students conform?
3. Why do they start to like the changes?
4. What are Ben's personal feelings about the situation.
5. Describe the situation when David observes Robert in detail.
6. Sum up Ben's and Christy's differing views on his new teaching method.
7. What are Ben's emotional reactions to the first day of his experiment?

Chapter six

Characters and setting:

Ben Ross and his class on the next day at school; the school football team at the gym

Conflict:

The class' unexpected eagerness to carry on the new method and David's belief in the new slogans for the football team's success contrasting with Ben's own hesitation.

Key motifs:

The new slogan: "Strength through community"; the Wave symbol and the Wave salute; the new idea of community.

Plot:

In the history room Ben finds his class attentive and awaiting the next orders. He writes the new slogan: "Strength through community" on the board and explains its meaning and the need of a symbol for their new community. They all soon chant the new slogans in unison and there is a general feeling of togetherness and strength. Later David tries to convince the football team members that the new method may restore the team spirit and stop all stupid squabbles that hurt their performance.

Assignments:

1. An uncommon situation in student-teacher relationship. Describe and explain.
2. Act Ben's explaining the new motto and the new salute to the class.
3. "Like a regiment, Ben thought." Explain this ambiguous remark.
4. Why is David so worried about the school football team?
5. Explain the tension between the young footballers.

Chapter seven

Characters and setting:

Laurie and her parents at home; Ben Ross and his wife at home on the same day.

Conflict:

Mrs Saunders' strong objections to the new aproach in the history lesson; different opinions in the Saunders family; Christy's apprehension about Ben's absorption in his new subject and her hidden criticism of his new teaching method.

Key motifs:

Laurie's uncertainty about the experiment; David's sudden interest in studying; Ben's lack of interest outside his history class; Christy's uneasy feelings about the situation.

Plot:

At the dinner table Laurie tells her parents about the new situation in history class and she vividly defends her teacher when her mother suspects manipulation. Her parents express different views of the right sense of community versus the spirit of courage and individuality. At home with her husband Christy feels worried about Ben wanting to continue the experiment and getting more and more carried away by it. Ben himself finds it contagious.

Assignments:

1. Describe Laurie's view of her parents.
2. Why does Laurie bring up the subject of the Wave?
3. Sum up her parents' reactions to the experiment and explain Laurie's arguments.
4. Find out about Ben Ross' and Laurie' opinion of each other.

5. Describe the atmosphere in the home of Ben and Christy on that evening.
6. Make a list of Christy's objections to Ben's new attitude.

Chapter eight

Characters and setting:

The next day Laurie and David; Ben and his class; Laurie and other students in the cafeteria having lunch

Conflict:

Laurie's anger at David's uncritical enthusiasm for the Wave and his coldness to her arguments; Ben's dividing the class into monitors and ordinary Wave members; Robert's rise in status, Laurie's fall in status in the class

Key motifs:

The new motto: "Strength through action", the member card, the key words "equality", "obedience", "I'm proud of the Wave", "I'm part of something great"

Plot:

Laurie's and David's relationship has grown with their mutual trust and comradeship. Talking about the Wave they now disagree, but do not fight over the subject. Instead they talk about David's math problems and his not wanting the class to know about them. In the history lesson Ben Ross hands out membership cards that divide the class into ordinary and special members, the latter being responsible for the upkeep of discipline and obedience.[104] Ben explains to them the importance of all members working together to achieve a common goal.

104 cf. Stanley Milgram, "The Perils of Obedience", reported in: Obedience in Authority (1974); extract in: Past and Future, Students' Textbook (Langenscheidt-Longman 1983).

Their first task is to recruit new members and to spread the message of the Wave. Laurie is more and more irritated by the class' submission to the new slogans and some students' affirmation of loyalty and allegiance to the Wave.

Ben himself is strongly impressed by the pride and support of the students and he feels like the creator and the leader of the movement. When at lunch Laurie tries to express her unease and frustration at the situation nobody shares her opinion. Instead she is criticized and reprimanded by Brian, a monitor, and by Robert who insists that all members have to agree or will be reported.

Assignments:

1. David tells about the beginning of his friendship with Laurie. Use direct speech.
2. How does Laurie show him her sympathy in their discussion?
3. Play the role of Ben Ross introducing the next phase of the Wave.
4. Make a list of the enthusiastic reactions.
5. What is Ben's judgment about the growing vigour of the movement?
6. Play the scene of the young people discussing the Wave.
7. Robert Billings as monitor: What does that mean for his status?

Chapter nine

Characters and setting:

Ben is reflecting on the situation of the Wave; Laurie and the staff of the "Grapevine" in the office; Laurie and her mother discussing the situation.

Conflict:

Ben's growing wonder at the growth of the Wave; Laurie's growing suspicion of it; her mother's growing criticism of the new influence that works like a cult.

Key motifs:

The success of the Wave for discipline and good performance at school; the growing attraction of the Wave for other students; Ben's hopes and doubts about the effect on the intellectual attitude of the students.

Plot:

Weighing the positive effects of the study results of the students against their lack of critical thought Ben feels motivated to continue the experiment. Other teachers, like Coach Schiller, seem to feel and even to envy the improvement in student attitude. Ben even considers writing an article about the experiment for education experts. Laurie tries to get serious work done for the next issue of the "Grapevine", but she realizes that nobody really cares about any other subject but the Wave. So she agrees to dedicate the next issue to the new movement and to write a leading article about it. Laurie's mother seriously worries about the changes going on at school, because the students, particularly Robert, seem to have fallen prey to a cult-like influence.[105]

Assignments:

1. What changes are noticed at the school?
2. Report Ben Ross' reflection about the phase of the experiment that day. Use direct speech.
3. Describe the situation of the editorial staff and the atmosphere in the "Grapevine" office.
4. What is the outcome of the conference?

---

105 cf. the two articles "The flight from freedom", and "Why people join" published in Modern Life (Klett Stuttgart 1981). S.121-122 describe and analyze reasons and consequences of young people joining cult groups. After the first phase of vulnerability to the well-planned recruitment technique, the young person is infused with the cult doctrine and isolated from the normal background. "Escape from freedom" means their regression into a childlike dependent behaviour and complete faith in the leader, who makes their lives meaningful and shapes their identity.

cf. 8.2 – The dangerous...

5. What are Mrs Saunders' arguments against the Wave?
6. How does Laurie speak about the Wave?
7. Act the discussion between Laurie and her mother.

Chapter ten

Characters and setting:

Ben Ross and Principal Owens at school and in the principal's office one of the following days

Conflict:

The principal's curiosity and worry about the changes at his school; Ben's promise to keep control of the events

Key motifs:

Ben reporting to his principal and having to account for his creation of the Wave

Plot:

When Ben is called to the principal's office he feels slightly nervous because he does not know what awaits him, but he is also proud and self-confident, because his movement has gained numerous new members and momentum, which all seems to add up to positive changes in school life. The principal shows himself strongly impressed by the positive echo to the new movement, but he wants to know more about the reasons for and the aim of the Wave. Ben explains the background of his experiment and the topic he is working on. The principal's firm trust in Ben's responsible attitude and idealism as a teacher is accompanied by his conviction that changes of this order must be strictly monitored. So he appeals to Ben to avoid any negative effects of the experiment and to limit the experiment to the absolutely necessary.

Assignments:

1. Which questions is Ben asking himself before meeting Principal Owens?
2. Which arguments in favour of the Wave does he use in his reflections? Use direct speech.
3. Which are the principal's main worries about the Wave?
4. What is the pact between Owens and Ben Ross?

Chapter eleven

Characters and setting:

Laurie in the "Grapevine" office; Ben and Robert at school on the same day

Conflict:

As editor of the school paper Laurie is confronted with anonymous accusations against Wave members who are reported to recruit new members with threats and intimidation. Ben is confronted with Robert following him everywhere and offering to be his bodyguard. Both Laurie and Ben have to take decisions.

Key motifs:

First signs of protest and opposition against the Wave from younger students; Robert's idea of the leader being different from others and above the mass.

Plot:

As editor of the "Grapevine" Laurie receives an anonymous letter to be published in the next issue reporting the recruiting system of some Wave members. According to that report the Wave students regard themselves as an elite group with power over people's minds and the right to bully and intimidate those who do not care to join the group.

Ben is impressed by the efficient propaganda and organisation of the Wave rally. He is slightly shocked and surprised when Robert offers to be his bodyguard, but after a moment's hesitation he accepts Robert's proposal as a consistent part of the role he has chosen to play.

Assignments:

1. Sum up the information in the anonymous letter to the "Grapevine".
2. What is its message for Laurie?
3. List up the signs of the Wave movement being more and more successful on the school campus.
4. What are Robert's arguments for being Ben's bodyguard?
5. Why does Ben accept Robert closely following him?

Chapter twelve

Characters and setting:

Laurie and David; Laurie and the editorial members Alex and Carl; Laurie and her father; at school and at Laurie's home on the same day, Saturday

Conflict:

Laurie's and David's split over the Wave; Laurie's isolation and anger; her father's worries about violent behaviour at the school as a consequence of the Wave.

Key motifs:

Fights (Brian-Deutsch / Laurie-David etc.) ; irony ("Fort Gordon High", "The Ripple", etc.), determination to act; first parent protests.

Plot:

David and Laurie are having an argument over Brian's and Deutsch's fight, and they have completely different opinions about the situation at the school. When David accuses Laurie of being jealous of the movement that has robbed her of her status as a leading student she feels misunderstood, angry and frustrated. Her friends Alex and Carl brighten her up by making fun of the rally and the Wave and sharing her view that they have to publish criticism of the Wave quickly. They have an appointment for non-Wave students only at Laurie's home on the next day. Laurie's father is worried about news that a boy was beaten up by Wave members for being Jewish and not wanting to join the rally. Though Laurie still cannot believe that there is really violent behaviour she is convinced that they have to act quickly.

Assignments:

1. Describe the fight Laurie sees in the schoolyard.
2. Sum up David's arguments defending Brian who beat up Deutsch.
3. Rewrite and play the argument between David and Laurie that leads up to their split.
4. Describe Laurie's bewilderment and fear after their split.
5. Find out how the group of anti-Wave students supports each other.
6. Sum up what Laurie's father tells her. Use direct speech.
7. What is their agreement?

Chapter thirteen

Characters and setting:

Laurie and Brad in the football stadium on Saturday afternoon; Laurie and some of her staff at her home on Sunday afternoon.

Conflict:

The power of the Wave: Laurie is not allowed to pass without giving the Wave salute at the football stadium; frustration at the emergency staff meeting because they are such a small critical group

Keys motifs:

The exclusive position of the Wave members on the stands; Brad's obedience and fear as a Wave member; protests from worried parents and concerned teachers; the Wave doctrine violating basic rights;

Plot:

Laurie wants to share her troubles with Amy, but when she tries to get to her in the football stadium she is stopped by Brad who does not let her pass without her giving the Wave salute. Laurie refuses to do so and she cannot believe that Brad is serious about it. Deeply shocked she leaves the stadium without saluting and without talking to anybody.

The few staff members who turn up at Laurie's home decide to publish a special edition about the Wave with a critical editorial by Laurie. The school football team was beaten by Clarkstown.

Assignments:

1. Laurie later tells Carl and Alex what happened to her in the football stadium. Use direct speech.
2. What is the structure and the message of the special "Grapevine" issue?
3. What is the new information about the Wave?

Chapter fourteen

Characters and setting:

Monday morning at school, Laurie and Amy in the library; Ben Ross; David, Robert, Brian etc.

Conflict:

The publication of the "Grapevine" issue: Laurie's unsuccessful attempt to make her friend Amy aware of the Wave; Ben's beginning feeling of irritation and guilt; the boys' anger at the critics of the Wave;

Key motifs:

The paper and its effect: Ben's headache, Amy's jealousy, Robert: "She must be stopped!"

Plot:

Wanting to prepare her friend Amy for the news in the school paper Laurie shows her a copy and hopes that Amy may understand her objections to the Wave. But Amy is angry and accuses Laurie of wanting to destroy the doctrine of the Wave about community and equality. She admits her old frustration at competing with her friend Laurie who was always superior in all matters, and she wants her to stop the publication. Laurie is shocked by Amy's aggressive reaction, but firm about the paper.

The issue of the "Grapevine" has an immediate effect on students and teachers. Ben is deeply irritated by news of pressure and threat, and his irritation grows when he hears fellow teachers comment that he is brainwashing his students.

David and his friends are also disturbed by the bad image of the Wave in the articles. They feel that Laurie is responsible, and Robert mentions that they will have to stop her. Brian wants David to use his influence on Laurie to stop her campaign against the Wave. David is willing to give it a try, but he is also angry with Robert for speaking about Laurie in such a threatening tone.

Assignments:

1. Amy's and Laurie's confrontation: Write down their arguments and play the scene.
2. What news is there about the Wave?
3. Ben's predicament: How does he feel and how does he argue?
4. What is Ben's status in the school staff now?
5. Write the scene about the students discussing the "Grapevine" issue and its consequences.
6. What does Robert say and mean?

Chapter fifteen

Characters and setting:

Monday afternoon and Monday night Ben and Christy at the Ross' home; Laurie alone in the school and on her way home; Laurie and David in the Ross' home.

Conflict:

Conflict between Christy and Ben: Christy's criticism of Ben's blindness to the growing problems and protests; conflict between Laurie and David: David's criticism of Laurie's lonely opposition.

Key motifs:

Ben's worries; Laurie's fear and suspicion; David's and Brian's aggressiveness; David's emotional change.

Plot:

Christy tries to convince her husband that the experiment has to stop because of the damage to the students and to Ben's reputation as a teacher. Though Ben pretends that this would disappoint his students and leave the experiment unfinished he finally promises that he will end it the next day. He admits to himself that he was manipulated by his own role and has become part of his own experiment.

Alone in the school Laurie feels more and more frightened and leaves the building in a panic. On her way home she is stopped by David who had been waiting for her with Brian to make her change her mind. In the more and more aggressive talk David finally pushes Laurie to the ground. Realizing what he has done to the girl he loves he suddenly sobers up and apologizes to Laurie, finally understanding the influence of the Wave on himself. Both decide to ask Ben to stop the Wave. Ben agrees and asks them to come to his class the next day without telling the others about their talk. Laurie finally agrees to trust Ben again.

Assignments:

1. Write down Christy's appeals to her husband. Use direct speech.
2. Point out Ben's reactions and arguments.
3. What is the effect of the issue?
4. Moments of fear: Some time later Laurie tells David how she felt when she was alone in the school. Use direct speech and play the scene.
5. Imagine David's feelings when he and Brian are waiting to meet Laurie.
6. Shorten the scene of David and Laurie discussing her attitude and play some parts of it.
7. Make a list of Christy's appeals to Ben to stop the experiment. Use direct speech.
8. What are Ben's own worries and arguments?
9. Shorten and play the scene when David and Laurie ask Ben to stop the experiment.
10. Make a list of Ben's thoughts about the effect of his experiment and comment on his opinion.

Chapter sixteen

Characters and setting:

Next morning Ben in Principal Owens' office; Laurie and David in Ben's history class, later in the principal's office.

Conflict:

The principal's anger and irritation; Laurie's and David's shock at Ben's teaching and the principal's "indifference"; their lonely fight.

Key motifs:

Widening protests; Ben's plight and risk: Stepping up the scenario of Wave influence; pretending to punish Laurie and David; their feeling like outcasts.

Plot:

Ben meets an outraged principal who has no more patience with the experiment. He obliges Ben to repair the damage immediately or to leave the school. Ben explains his strategy for the last phase to him and is granted that last step. In history class Ben makes it clear to the students that the Wave movement has become the only hope for the country in economic trouble and that it has spread to public institutions and factories and through the force of its doctrine has started to change the society. A rally will take place the same day with the founder of the Wave speaking to them. Laurie cannot believe her ears and she and David protest against Ben's continuing role as leader of the movement. They are ordered out of the room and taken to the principal's office. They are amazed that the principal asks them to behave calmly. Both leave the school and walk alone in the park thinking how useless their protests have been and how stupidly all the others followed the slogans. Laurie suddenly understands the parallel of their situation to the behaviour of the German people. Suddenly she wants to go to the rally and see the leader with her own eyes.

Assignments:

1. Collect Owens' accusations against the Wave.
2. What is Ben's and Owens' pact now?
3. What are Ben's slogans and explanations to his students?
4. What is the problem about David's and Laurie's opposition to Ben?
5. Write down the scene in Owens' office and play it.
6. Describe the situation and play part of the scene of David and Laurie's lonely walk and talk in the park.

Chapter seventeen

Characters and setting:

The same night in the auditorium Ben Ross and a big audience, focus on Laurie and David, later on other Wave members and their reactions.

Conflict:

The growing impatience of the audience to see the leader and the sudden shock, shame and bewilderment.

Key motifs:

Banners, slogans, locked doors, group discipline; Hitler's face, the faces of young Germans; Ben's explanation; emotions and reactions.

Plot:

Ben is again impressed by the discipline and effective organization of the rally and he realizes that this has been one of the attractive changes that will quickly get lost after the experiment. He feels supported by his wife and convinced of the lesson he is going to teach.

Two TV screens in front of the audience are turned on, the crowd chants the mottos and Ben announces the leader. When the screens remain blank the audience gets more and more confused and impatient. The student who protests saying that there is no leader is immediately seized and thrown out. In the ensuing confusion Laurie and David who could not get inside because all the doors were locked slip in and want to warn the students. Ben tells them that there is a leader and at that moment a large movie screen is revealed and the students suddenly see the gigantic face of Hitler.

Ben tries to make them see how they have changed in only a few days and believed in a leader and a doctrine that has misguided them just like the young Germans in the Third Reich. He apologizes to them for the painful experiment and for making them believe in him as their leader.

David and Laurie notice the horror and consternation of the audience. The students are deeply shocked, ashamed and hurt, particularly Robert, who is in tears. Ben is aware of the pain he has caused but he is relieved that he will not have to leave the school and that the message did go down with the students. He promises to help them understand and learn from that week's events. He leaves the auditorium with Robert.

Assignments:

1. What are Ben's reflections before the final event?
2. Describe the setting and the equipment of the scene.
3. Describe the next phases of the event until a student exclaims: "There is no leader!"
4. Describe the next moments, the climax and turning point.
5. "You would all have made good Nazis". Explain Ben's words to his students.
6. How does he try to restore the normal teacher-student relationship?
7. Find out about the students' different reactions to the shock.
8. Describe and comment on the ending with Ben Ross and Robert leaving the stage together.

8. ADDITIONAL MATERIAL

8.1 The eye of the storm

At the very time when Ron Jones did the experiment in his history course at a Palo Alto high school, a female teacher at an elementary school in the small town of Riceville, Iowa, also used an experiment to teach her elementary school kids about prejudice and how it feels to be discriminated against:

One day she told the kids that the blue-eyed children were better, more intelligent and for that reason privileged and allowed to have second helpings at lunch. They were also told to put a dog's collar round the neck of the brown-eyed children. The next day she said to the children that she had lied to them and that actually the brown-eyes were better, more intelligent and privileged. She had lied, she said, because she had blue eyes herself. So the roles were swopped. On that day the brown-eyes felt superior and could put their collars on the blue-eyes. There was a clear change in the behaviour of the children: The privileged children mostly behaved in a happy, superior and aggressive way, whereas the children who felt discriminated against were frustrated, depressed and revengeful. Their reading ability dropped dramatically.

When after two days the teacher told the children that it had been a way to show them that discrimination is wrong and hurts, most of the children were relieved and happy again. She was aware that she had made them undergo a painful experience which one of the children called "feeling like a dog on a leash".

8.2 The dangerous power of cults

The 51-day siege of the Waco, Texas headquarters of the **Branch Davidian sect**ended in tragedy in April. A fire which police believe was started by members of the sect, swept through the compound killing over 80 people, 17 of them children. Only eight members of the sect survived the fire.

As Americans recovered from the shock of what happened in Waco, the question many of them were asking was: What makes people join sects like the Branch Davidians, and could something like it happen again ?

The Branch Davidians' leader was Davis Koresh, aged 33 when he died. He was born Vernon Howell but changed his name to the biblical Koresh later...Koresh joined the Davidians in the 1970s. Although intelligent, he was not successful in ordinary life. He dropped out of high school and failed in his ambition of becoming a rock guitarist.

To outsiders, it may seem incredible that anyone could have followed a man like Koresh or believed him when he said he was the Son of God. But experts on cults say there are clear reasons for his success, and for the success of many other strange sects and cults around the world.

Cults are not new, and although most of them do not lead to tragedies like Waco, people have been concerned about them for a long time.In a recent article on cults, the "Daily Telegraph" spoke to a British clergyman, the Rev. Steven Wookey who has studied the problem. He says that cults all have five things in common:

- They use some sort of mind control
- They form an elite group
- They have a charismatic leader
- They take money from followers
- They say the end justifies the means

Steve Wookey said that in his experience, cult religions often try to attract young students. People who are intelligent, but also lonely or isolated, perhaps away from home for the first time, are easy targets for cults.

"The attraction is that they seem very loving", says Wookey. They also have a clear message and easy answers to difficult questions - things the established churches cannot offer. This also appeals to people looking for a meaning to life.

Once someone has joined a cult, he or she has a sense of belonging. The cult divides the world into "them"- the outsiders- and "us"- the cult. For Koresh's cult that also meant collecting a huge number of weapons as protection against the outside world.

The leader himself has absolute power over the cult's members. Cult leaders may behave outrageously ... but members try to find reasons for his actions. They may tell themselves that the leader is only testing their faith. One psychiatrist pointed out in a "Newsweek" article that the more followers believe in a cult leader, the more power-crazed he becomes, and the more likely he is to take drastic action, as Koresh did. Experts say that a tragedy similar to Waco could happen again... in the last 20 years there has been an increase in cults which believe "The Day of Judgment" is near. Also, more and more Americans believe in the Second Coming of Christ, and that the world's future can be directly interpreted from the Bible, which may make them targets for extreme cults.[106]

8.3 Aspects of The Third Reich

The basic impulse for the action is Ben Ross' intention to create a scenario that may show the students the power of propaganda and manipulation to make people conform to new rules and obey a leader.

106 Read On 9/93; p.7 - reprinted with permission of Eilers & Schünemann Vlg.Bremen

To understand the background for the scenario that he invented it is important to point out some of the main aspects of Third Reich policy:

1. The movement of National Socialism was based on the "leader principle" and on the rejection and the immediate destruction of parliamentary democracy and of all democratic structures.

   The national leader, Hitler, was considered a superior being, gifted with the power of vision, of knowledge and of judgment, inspired above all other beings to act for the good of the nation. He proclaimed himself to be elected and sent by fate to save his people ("Volk"). The well organized cult of the leader raised him to God-like perfection to whom everybody owed the oath of allegiance.

2. Nazism was a movement based on command, discipline and obedience within a powerful organization and a tight power structure. With its rise to power it established terror by the state as its guiding line. On all levels of organized action the motto was implicitly or explicitly that "the end justifies the means". The "end" was the predominance of the Nazi doctrine, or in reality the unlimited power of the Nazis. "The means" could mean whatever trick, unscrupulousness, crime and horror that served their aims. The language of the Nazis was a highly efficient tool for that aim: It unabashedly exploited all the traditional values for their own profit and propaganda and effectively used the language to attack, humiliate and terrorize those people they wanted to destroy.[107]

3. After their rise to power the Nazis saw to it that parliament surrendered to the will of the ruling party and became meaningless, that the members of the opposition were persecuted and deprived of their civil rights. Those who did not go abroad were taken to prison and lived under a permanent threat. In 1933 already about 150 000 opponents were sent to concentration camps.

---

107 vgl. u.a. Guido Knopp, Bernd Wiegmann, Warum habt ihr Hitler nicht verhindert? Fragen an Mächtige und Ohnmächtige (Fischer Tb 1983).

4. The Nazi movement pretended to take care of all groups of society that were united in formations called "Bund", obedient to the doctrine and to the "Führer". He was claimed to be the head and the guide of "Volksgemeinschaft", community of the people, that included all the comrades, "Volksgenossen", who proved their "loyalty" by joining the Nazi party. By using mixed strategies of reward and punishment people were led to believe in the new doctrine: The new virtues were absolute loyalty to the Führer, the doctrine and the nation, absolute willingness to serve the proclaimed aims in the different fields of life, absolute identification of the individual with his assigned role and tasks. All laxness or criticism were supposed to be found out, denounced and punished. All signs of disobedience, non-alignment or organized opposition were considered crimes against the state and were brutally persecuted and punished.[108]

   The doctrine of "Volksgemeinschaft" was a proclamation of community, but in reality it was based on tight control, systematic exploitation of fear and on the expulsion and punishment of non-conforming individuals and groups.

5. In 1933 the Nazi power structure based on the military police and the armed wing of the movement crushed the Labour Movement by occupying the trade union buildings, confiscating their property and by persecuting members of the unions who did not convert to the Nazi labour movement. The leaders of the unions were harassed and taken to concentration camps.

6. Nazism made use of new forms of propaganda (the radio etc.), exploited the Führer cult and developed a wide range of methods and instruments of manipulation, constraint and threat. The hierar-

108 vgl. u.a. Werner Maser, Das Regime-Alltag in Deutschland 1933-1945 (Heyne Tb. 1985).

chical structure in the bureaucracy and in the social sectors was efficient for spreading propaganda and for applying control and repression.

7. The glorification of the Führer, the permanent praise of the Nazi state, of its representatives, of everything that could be exploited as signs of German "greatness" were meant to instill people with pride and self-righteousness at belonging to the chosen people nation. To this negatively correlated the rising terror of discrimination. Discrimination was first and foremost the arrogance of being German with regard to members of other nations. Discrimination of other nations was part of political propaganda as one step to the war which soon revealed itself as a war of destruction and annihilation.[109]

8. Criteria of politics, race and religion were formally and legally defined, publicly acclaimed, ruthlessly applied and exploited to distinguish and separate the "unwanted" individuals and groups from the conforming mass.

   In all fields of life the Germans were successfully manipulated into accepting, believing and adopting arguments that denounced "unwanted" Germans, This was above all the basis for separating the Jewish citizens from their social context, for denying them all civil rights, for harassing and gradually eliminating them from public life and for severely punishing those people who came to their help in whatever way.

   "Endlösung", final solution, was the "Holocaust", the organized mass extermination of millions of Jews, in death and labour camps in Germany and on occupied territory.[110]

---

109 vgl. u.a. Walter Hofer, Die Entfesselung des zweiten Weltkrieges, mit Dokumenten (Fischer Bücherei 1960).

110 vgl. u.a. Lea Rosh, Eberhard Jäckel, „Der Tod ist ein Meister aus Deutschland" (Hoffmann und Campe 1990).

Racial minorities like the gipsies, social minorities like the homosexuals, religious minorities like "Jehova's Witnesses" also suffered an atrocious fate in the camps.

9. The Nazi doctrine encouraged and materially rewarded large families of healthy and "racially pure blood". The strategy of reward and punishment was also an efficient tool in enforcing an aggressive population policy.

   On the other hand propaganda ruthlessly denounced mentally handicapped, disturbed or "asocial" members of society as "useless", "dangerous for the nation's health" and as a "burden" to society. These arguments were used to prepare and justify what was then called "euthanasia" / ("the soft death"), the killing of many thousands of sick people at the hands of qualified physicians.

10. The firmly ideological education of the young was one of the leading strategies of the totalitarian party to secure its followership and to create the image of a strong, youthful, united, militant and aggressive nation. From 1933 on there was only one national youth movement with a tight hierarchical structure and a strong involvement of all its members. The youth group often replaced the family unit, offering communal experiences, focusing on sports, fitness and pre-military training. Reading and learning were of secondary importance. All education became National Socialist oriented.[111] In 1933 all the teachers who were Jews or who were politically opposed lost their jobs. Hundreds of textbooks were replaced by Nazi-written material.

11. The rise of the Nazis was due to the lack of political consensus and to the growing economic disaster resulting in millions of unemployed people at the end of the "Weimar Republic". The Nazi

111 vgl. u.a. Konrad Winter, Leben im Dritten Reich, Reihe Zeitgeschehen (Herder Freiburg 1982).

doctrine proclaimed to take the needs of the working classes seriously, to give them work and to secure their rights. Yet the system of competition and rewards, of organized holidays and travels could not compensate for the social achievements of the trade unions before.

With the country's economy expanding, with the elimination of the trade unions and with thousands of Jews losing their jobs, with the introduction of "work service" there was a complete restructuring of the work force. When the economy soon changed to a war economy to which everybody had to contribute, the pressure and control of the workers increased. It was soon followed by forced labour, many hundred thousands of foreign workers who had to replace the German men gone to war.

12. With their rise to power the Nazi ideology about the biologically determined role of women as mothers and homemakers soon meant the end to the women's movement and the influence of women in all parts of public life. Drastically restricting the access of women to the universities and to qualified professions, exploiting them as a cheap labour force and flattering or threatening them to keep them in line with the regime, the male-oriented Third Reich was a deeply regressive, repressive and destructive era for the female population. It must be noted that women played a much larger role in active resistance and illegal acts like the protection of Jews than is generally known.[112]

13. Although the Nazi ideology was thoroughly anti-Christian, the Nazis used the church for the propaganda of their ideology. They could count on the support of leading figures and representatives of the Protestant and the Catholic churches in Germany.

---

112 vgl. u.a. Rita Thalmann, Frausein im Dritten Reich, Reihe Zeitgeschichte (Carl Hanser München 1984).

With the rising intensity of terror both churches became more and more concerned with their own survival and less with the protection of the victims of persecution. In practice there was a deep rift between those who advocated loyalty to and support of the regime and those who protected and helped the persecuted at the risk of their lives. From the very beginning of the reign of terror the persecution of the Jews had been denounced as the prime crime and the essential test for the Church by one of the most admirable men of German resistance, Pastor Dietrich Bonhoeffer, who died a martyr's death in early 1945.

9. EINGESEHENE UND ZITIERTE LITERATUR

9.1 Die Welle

Rhue, Morton, The Wave, a Dell Book 1981.

Rhue, Morton, Puffin books 1994.

Rhue, Morton, Text and study aids (Klett Stuttgart 1993)

Rhue, Morton, Die Welle, Bericht über einen Unterrichtsversuch, der zu weit ging, aus dem Amerikanischen von Hans Georg Noack, Otto Maier, Ravensburg 1985.

Münning, Kamilla, Die Welle, Material zu einem Film von Axel Grashoff (atlas film + av Duisburg, 2. Auflg. 1993).

Hans-Georg Noack, In der Schule - Materialien für Lehrer, Hg. Hermann Scherl, (Otto Maier Ravensburg 1986).

Fromm, Heide, „Wir machen ein politisches Theaterstück frei nach Morton Rhue „Die Welle"", Diskussion Deutsch (Nr.20 1989).

Schubert-Felmy, Barbara, „Das Jugendbuch „Die Welle" von Morton Rhue im Unterricht", Diskussion Deutsch (Nr.20 1989).

9.2 Auswahl der Sekundärliteratur zu verschiedenen Themen

dtv Wörterbuch zur Psychologie, Hg. J. Drever, W.D. Fröhlich (2. Auflg. 1969).

Funk-Kolleg Erziehungswissenschaft 1, 2, Hg. Wolfgang Klafki u.a. (Fischer TB 1971).

Psychologie und Pädagogik, Neue Forschungen und Ergebnisse, Hg. Josef Derbolay, Heinrich Roth (Quelle & Meyer Heidelberg 1959).

Literaturwissenschaft, Grundkurs 1, 2, Hg. H. Brackert, J. Stückrath (Rowohlt Hamburg 1981).

Stanzel, Franz K., Typische Formen des Romans (Vandenhoeck & Rupprecht Göttingen 1964).

Wilpert, Gero v., Sachwörterbuch der Literatur (Kröner Stuttgart 1964).

American Studies Teaching Modules - The U.S. Constitution (Verein für Unterrichtsmaterial zur Amerikakunde e.V. 1987).

Britain - USA Now / A Survey in Key Words, Hg. I. Friebel, H. Händel (Diesterweg 1974).

Cobuild, English Learner's Dictionary, (Klett Collins London 1989).

English G 5 (Cornelsen & Oxford UP 1978).

Kleinbaum, N.H., Dead Poets Society (Bantam Books 1996).

Modern Life (Klett Stuttgart 1981).

Oxford Advanced Learner's Dictionary of current English (Cornelsen & Oxford UP 1995).

Stories of Initiation, Model Interpretations (Klett 1982).

9.3 Literatur zum Dritten Reich - eine Auswahl

Braese, Stephan, Gehle, Holger, „Von ‚deutschen Freunden' - Ruth Klügers ‚Weiter leben' - Eine Jugend in der deutschen Rezeption", Der Deutschunterricht (Nr.47 1995).

Buchheim, Hans, SS und Polizei im NS-Staat, Staatspolitische Schriftenreihe (Selbstverlag der Studiengesellschaft für Zeitprobleme Düsseldorf 1964).

Diederichsen, Diedrich, Politische Korrekturen (Kiepenheuer & Witsch 1996).

Edvardson, Cordelia, Gebranntes Kind sucht das Feuer (Büchergilde Gutenberg 1986).

Epstein, Helen, Die Kinder des Holocaust (dtv Zeitgeschichte 1990).

Fromm, Erich, The Sane Society (Routledge Paperback London 1968).

Die Gestapo, Mythos und Realität, Hg. Gerhard Paul, K.-Michael Mallmann (Wissenschaftliche Buchgesellschaft Darmstadt 1995).

Giordano, Ralph, Wenn Hitler den Krieg gewonnen hätte (Rasch und Röhring 1989).

Goldhagen, Daniel J. , Hitler's willing executioners (Little Brown & Company 1996).

Hofer, Walter, Die Entfesselung des zweiten Weltkrieges - mit Dokumenten (Fischer Bücherei 1960).

Kammler, Clemens, „Ein Ereignis im Auschwitz-Diskurs", Der Deutschunterricht (Nr.47 1995).

Kipphardt, Heinar, Bruder Eichmann (Rowohlt 1983).

Klüger, Ruth, Weiter leben, Eine Jugend (dtv München 1994).

Knopp, Guido, Wiegmann Bernd, Warum habt ihr Hitler nicht verhindert (Fischer Hamburg 1983).

Im Kreuzfeuer: Der Fernsehfilm Holocaust - Eine Nation ist betroffen, Hg. Peter Märthesheimer, Ivo Frenzel (Fischer Hamburg 1979).

Maser, Werner, Das Regime - Alltag in Deutschland 1933-1945 (Heyne Tb München 1983).

Mitscherlich, Alexander und Margarethe, Die Unfähigkeit zu trauern (Piper 1994).

Nicht irgendwo, sondern hier bei uns! Alltag im Nationalsozialismus - Die Kriegsjahre in Deutschland (Körber Stiftung Hamburg 1982).

„Niemand war dabei und keiner hat's gewußt" Die deutsche Öffentlichkeit und die Judenverfolgung 1933-1945, Hg. Jörg Wollenberg (Serie Piper 1989).

Rechtsextremismus in Schleswig-Holstein 1945-1990, Reihe Gegenwartsfragen Nr.64, Hg. Landeszentrale für Pol. Bildung S.-H. (Kiel 1990).

Sperber, Manes, Zur Analyse der Tyrannis (Europaverlag Wien 1975).

Thalmann, Rita, Frausein im Dritten Reich, Reihe Zeitgeschichte (Ullstein Tb 1987).

VS-Vertraulich, Bd.3, Hg. Bernt Engelmann (Goldmann München 1979).

Winter, Konrad, Leben im „Dritten Reich", Deutschland unter nationalsozialistischer Herrschaft, Reihe Erlebte Geschichte (Herder Freiburg 1982).